ZIPPALDO & André GUICHETS

APPIA VERDE
Tomo 1

Gli anni dell'infanzia

1978 1981

Fatti, luoghi e personaggi possono essere di pura fantasia e del tutto casuali

Ai fanciulli nati nei primi anni Settanta, vera anima pulsante d'Appia verde, senza dei quali queste storie non avrebbero mai avuto luogo.

Introduzione

…Vi era un posto non lontano da casa dove il sole splendeva alto nel cielo terso e sconfinato, un posto chiamato Appia verde. Verde come i loro giovani anni, desiderosi di crescere insieme e in buona compagnia. Sandro Gù puntualmente ogni domenica mattina era lì a svegliarli telefonandogli a casa, annunciandogli che Andrea era già sul parco a scalciare il pallone sul muretto del loro campo in mattonata rossa insieme a qualche picciricchio del luogo e subito Vito e Massimo si precipitavano come da costume, alla volta dell'Appia verde canticchiando una famosa canzone. Il sole è il loro destino che scende lento sullo scorrere dell'oro di quegli anni, accarezzandoli dolcemente sul viso mentre accompagnava la loro marcia trionfante verso l'Appia verde. Una storia raccontata quando si scendeva in strada col pallone sottobraccio e con le figurine Panini in tasca alla giacca a vento, dopo aver spento la tv sull'ultimo e unico programma di cartoni animati della giornata, senza social network, whatsApp, iPhone e iPad e l'unico mostro elettronico tecnologico esistente, chiamato "Space invader" tronava maestoso in quelle uniche sale buie della città. Una storia scritta a cuore aperto, con la spensieratezza che reggeva quei tempi; qui si racconta il periodo più importante della vita di ognuno, indubbiamente quello più fondamentale, dove carattere e personalità prendono forma e non cambieranno più, insieme agli amici, quelli veri, che rimarranno per tutta la vita. Quella bolla spazio-temporale che va all'incirca dai dieci ai venti anni d'età qui descritte minuziosamente nei particolari e divise in tre parti sostanziali: infanzia, adolescenza e maturità. Si va dai calci al pallone ai primi baci, dalle scaramucce di quartiere alle prime sigarette alle grandi bevute in compagnia fino all'esagerazione. Contorni costruiti da emozioni forti; il primo vero amore, una grande amicizia ed il suono di una canzone…. In quei tempi era tutto un arrampicarsi, correre e saltare e gli spazi di certo non mancavano. Ognuno di noi ha dentro il cuore un po' d'Appia verde.

Prologo
I racconti di capitan Sfascia

Erano entrati da poco nella sfera dei dodici anni e l'estate volgeva al suo epilogo, nel tramonto della quale i cugini Vito detto Zippo e capitan Andrea detto Sfascia sghea tiravano soddisfatti le somme di una vittoriosa campagna di guerra.
Stesi fra le dune a trenta metri dal mare erano in appostamento strategico, in missione di avanscoperta, in attesa che il nemico mettesse fuori il muso.

- "Niente. Tu vedi qualcuno?"
- "Dove André, dietro le dune?"
- "Niente, nessuno. Non vedo niente."

Si alzarono allora soddisfatti dalla loro postazione per tornare allo scoperto, e da lì fino alla casa di Andrea. Adesso la guerra era davvero finita. Una vittoria su tutti i fronti documentata persino sul loro diario di guerra, dove giorno per giorno appuntavano meticolosamente: date delle battaglie, nomi dei partecipanti agli scontri, esiti finali e commenti vari. Le nemiche giurate, la banda dei falchi neri, erano per altro le loro cuginette genovesi unite con delle altre ragazzine del posto e capeggiate dall'irriducibile Terry, sorella di capitan Sfascia.

I Diavoli rossi, banda naturalmente tutta al maschile capeggiata da capitan Sfascia erano i loro acerrimi antagonisti. Ogni estate queste due bande in prevalenza formate da cugini e cugine si fronteggiavano in una divertente guerriglia operata con spade di legno, pistole ad acqua o a molla, canne di bambù, bombe di fango e sassi di ghiaia. I campi di battaglia erano le sterminate dune che c'erano nella Casalabate lido della fine degli anni Settanta, quando ancora la speculazione edilizia non aveva ammorbato quei luoghi.

Le due villette a specchio erette su d'una viuzza a pochi passi dal mare ai bordi della statale che conduce verso il centro di proprietà rispettivamente della famiglia di Sfascia e dello zio Ruggero di Genova che ne aveva concepito il progetto, erano state le prime a colonizzare quella zona costiera e altresì paludosa all'estrema periferia del paese di Casalabate in provincia di Lecce. Nel sito in questione ancora non c'erano delle strade asfaltate, allacciamento idrico ed illuminazione elettrica, ma vi erano infiniti spazi liberi e naturalistici dove poter villeggiare in santa pace e far scorrazzare i propri pargoli pestiferi a dar sfogo a tutte quelle libertà infantili cui si aveva bisogno una volta finita la scuola.

Dalle due villette dopo aver percorso un centinaio di metri in direzione del mare, la spiaggia mostrava il suo muso e delle dune maestose facevano fronte al mare nascondendone la riva come le tende di un teatro ne celano il palcoscenico. Si estendeva così un maestoso paesaggio costiero come pochi in giro; c'erano dune di sabbia a perdita d'occhio, alti canneti verdi, laghetti naturali e vegetazione di palude ed una lunghissima lingua di spiaggia a disposizione dalla mattina alla sera.

Ogni estate la natura modellava per loro, coi capricci del vento, nuovi paesaggi naturalistici e non c'era da chiedere altro, il resto c'era da costruirlo da soli con la fantasia. Una banda di femminucce contro un'altra di maschietti. Diavoli rossi contro Falchi neri. Si fronteggiavano per il predominio di alcune casette in costruzione che cominciavano a spuntare come funghi nei dintorni. Obiettivo di ogni fazione era erigere su di queste il proprio quartier generale o sottrarlo all'altro.

Vito Zippo e suo fratello Massimo prendevano parte alle battaglie ogni qual volta la loro famiglia andava a Casalabate a far visita agli zii. Degli altri cugini da parte di madre di capitan Sfascia, anche loro della banda, facevano altrettanto.

Per Andrea Casalabate non era solo un posto di villeggiatura, per lui la libertà che gli offriva quel luogo era primordiale. Di natura selvaggia e solitaria il paesaggio si prestava bene per sviluppare la sua fantasia nella sua infanzia. Inventare delle storie, immaginare mondi diversi, l'essere libero senza nessun limite.

Più tardi nella sua adolescenza questo posto gli darà conforto e riflessione, soprattutto nei lunghi inverni dove delle lunghe passeggiate in una spiaggia vestita nei suoi abiti freddi e deserti gli porterà riconforto e speranze venture. Questo per quel che vedremo nello svilupparsi della storia; per adesso torniamo ai Diavoli rossi alla fine di quell'estate del lontano 1978.

Difficilmente la truppa era al gran completo e spesso capitan Sfascia rimaneva da solo a fronteggiare gli attacchi dei Falchi neri, dovendo salvaguardare le postazioni nell'attesa dei "rinforzi". Quando ciò accadeva, Andrea era solito raccontare le sue imprese. I suoi racconti erano esaltanti, a metà tra l'epico ed il fantastico, lo si ascoltava in silenzio con magica trepidazione. Lui sapeva raccontare bene le cose, le faceva rivivere in ogni passo e in ogni sfumatura, mimando spesso gli accaduti con fare da vero attore, con il suo sguardo scuro ed i lineamenti della faccia a ricordare l'attore francese J. P. Belmondò. Capitan Sfascia era una vera peste, temerario, carattere cupo e distruttore di ogni cosa, pronto a combinare casini e a mettersi nei guai col padre Reginaldo, detto Charlie per le sue sfuriate comiche, quali esibiva col figlio chiamandolo spesso "scimmia". Capitan Sfascia era cresciuto sul mito del corsaro nero di Salgari, aveva letto il libro con avidità e ne era stato letteralmente rapito.

Altro personaggio comparabile al suo carattere era capitan Harloch, mitico cartone dell'epoca; quel pirata tutto nero e solitario che combatteva nello spazio. Ne aveva in qualche modo assorbito il carattere e sapientemente sparso agli altri il seme del suo fascino. Sapeva coinvolgere bene la gente e quando Vito e Massimo si univano a lui erano tre pesti, accrescendo la disperazione dei genitori. Insieme convenivano ai consigli di guerra dove si promuovevano a gran voce eroi e traditori, infliggevano punizioni e innalzamenti di gradi, nuove strategie di guerra da seguire per quella e per le prossime giornate. Avevano occasione di vedersi solo in estate durante le vacanze, perché lui abitava a Modugno, un paesino in provincia di Bari. Presto la sua famiglia si sarebbe trasferita a Brindisi, città dove Vito e Massimo abitavano. Insieme non vedevano l'ora che questo destino si fosse compiuto.

Era pressappoco la fine dell'agosto del 1978 e c'erano grosse novità. Quel giorno la banda dei Diavoli rossi era al gran completo, c'erano anche i cugini di Andrea da parte di madre a presiedere il solito consiglio di guerra.

- "Non pensavo arrivassero a tanto."
Sfascia li aggiornava sull'ultima battaglia combattuta il giorno prima.

- "Ero solo e loro ne avevano approfittato."
Erano tutti seduti in circolo in terra dentro il loro fortino di una casa in costruzione, e lui girava per la stanza e raccontava.

- "Ma questa casa non gliela avrei lasciata così facilmente vi erano tutte le nostre armi, la tua spada Vito, e il fucile a molla di Rino. Quelle avanzavano, e Teresa le aizzava!!"

Così capitan Sfascia raccontava l'ultimo disperato attacco dei Falchi neri al loro fortino. Aveva combattuto fino all'estremo, respingendole fino all'ultimo sasso di ghiaia. La battaglia era vinta, il nemico era stato messo in rotta ed in lacrime ed arreso senza condizioni. Questo significava che la guerra era finita e che non ci sarebbero state altre battaglie ma non era tutto.

Parlava come se questo avesse poco interesse ed era lampante che qualcos'altro di più importante doveva ancora uscire dalla sua bocca. Continuava a girare intorno alla truppa seduta in circolo con fare compiaciuto sapendo di aumentare la loro curiosità.

-   "Ouh Andrè, allora?" Cominciarono a spazientirsi un po' tutti.
Girava tondo a tondo per la stanza capitan Andrea Sfascia sghea, girava col capo chino e le mani riposte dietro la schiena, poi d'un tratto si arrestò. Smise di fare il misterioso, si pose di fronte e con le mani incrociate dietro le terga alfine sbottò:

-   È fatta, domani finalmente iniziamo il trasloco a Brindisi! Mio padre ha concluso il contratto di affitto. L'appartamento si trova nel quartiere dei Cappuccini in un complesso residenziale."
Fu allora che la guerra con i Falchi neri smise di esistere!

Si alzarono tutti in piedi per un'ovazione al loro capitano Andrea Sfascia sghea e alle sue schiere, si alzarono e gridarono tutti con le braccia alzate al cielo!

La volta successiva che andarono a trovare Andrea a Casalabate c'era un'aria diversa. Gli asti della guerra erano ormai sepolti, si erano rappacificati con Terry e con le cuginette genovesi, che di lì a poco avrebbero ripreso la strada per la Liguria, dandosi appuntamento per il prossimo anno con altre avventure e battaglie. Con Andrea c'era da pianificare la data per l'agognato incontro a Brindisi nella sua nuova magione, dove stava ultimando il trasloco e ben presto sarebbe andato ad abitare in pianta stabile. Vito, impaziente della cosa, pregò Andrea di parlargli di questo nuovo posto e soprattutto che impressione gli aveva dato. Andrea, molto volentieri lo accontentò.

Era arrivato in questo luogo di mattina presto, insieme ai traslocatori.

- "Era l'alba e la rugiada ancora bagnava gli alberi e alcune automobili parcheggiate nei dintorni del complesso"

Aveva preso a raccontare, Andrea. Diceva che un timido sole accompagnato da una brezza marina puntava il suo naso.

- "L'eccitazione di esplorare questo posto mi usciva dai pori della pelle. Leggevo un'iscrizione su di una grossa aiuola posta al di là dell'entrata del complesso, un'iscrizione ricavata dal modellamento di una siepe che diceva: APPIA VERDE. Così si chiamava quel complesso di palazzi racchiusi da una lunga cinta muraria."
- "Appia verde!"

Ripeteva Zippo rivolgendo uno sguardo confuso a Massimo che era seduto lì vicino.

- "Appia verde!?!, che strano nome!"
Faceva da eco Massimo scuotendo il capo.

- "Seguendo mio padre ed i traslocatori" continuava Andrea, "presi a destra dall'iscrizione sulla siepe e subito dopo varcammo il portone del primo palazzo dove salimmo fino al terzo piano. L'appartamento era grande e accogliente, c'era un grande soggiorno sulla destra e seguendo il lungo corridoio che si snodava fra camere e servizi, sono giunto a quella che poi è diventata la mia cameretta."
- "wow!" esclamava Massimo meravigliato. "E com'è la camera tua?"
- "L'ho scelta perché aveva un balcone enorme, e quando mi sono affacciato..." Rollava le mani e schiudeva gli occhi Andrea, come ad intendere tanta meraviglia e stupore.
- "Cos'è che hai visto, Andrè!"
- "Un parco. Ma enorme Vito! Devi vederlo. Grandissimo. Una miriade di muretti alti e bassi disposti dappertutto. Anfiteatri, scalinate, torrette disposte lungo il percorso..."

E mimava agitando le braccia a descriverne il tracciato. Parlava dell'esistenza di ben due campi da tennis e uno da pallavolo, con tanto di rete e seggiolone per l'arbitro. Gli raccontava che ai margini del parco sorgevano dei resti di un cantiere mai cominciato, con materiali da costruzione ben impilati, e poi ancora più a ovest, dove ai limiti della residenza era solo campagna e un vasto orizzonte vi si apriva di fronte degno di una cartolina. Al di là della residenza aveva anche individuato una sorta di gru smantellata e disposta orizzontalmente al passaggio dei binari.

- "Come Andrè, si vedono i binari?"
- "Chiaro, c'è questa gru smontata, poi un terrapieno, e poi ci sono i binari della ferrovia"

Potevano solo immaginare ciò che Andrea riferiva loro, ma dai racconti che faceva c'era da aspettarsi veramente tanta roba. D'altra parte, Andrea aveva sempre abitato nelle vicinanze di una ferrovia. Affermava che era la sua forgia. Fabbricava coltellini col passaggio del treno sui chiodi posti sui binari. Più erano lunghi e più i coltellini erano di buon manufatto affermava.

- "Ho fatto colazione e poi ho guardato di nuovo verso il parco. Affacciandomi dal balcone della cucina, ho notato che nel campo da pallavolo adesso c'erano tre curiosi individui. Giocavano a pallone. Il più grande di loro dava consigli agli altri, di sicuro era quanto me."
- "Osservandoli bene, visto la loro goffaggine, decisi che non erano dei tipi pericolosi e quindi scesi giù al parco per incontrarli".

Andrea faceva notare che la sua entrata nel parco non passò inosservata e anzi se l'aspettavano. Dopo aver testato un po' l'ampiezza del parco ed aver saltato di qua e di là, facendo notare ai presenti le sue abilità scimmiesche, il più grande di loro gli andò incontro per una formale presentazione.

- "Ciao, sono Sandro, abito nell'appartamento al piano sopra il tuo"

"Così si presentò quell'individuo. Poi mi presentò i suoi due amici: Massimiliano e Agostino. Mi portò in giro per l'Appia verde facendomi da cicerone e nello stesso tempo mi comunicava delle informazioni riguardo la sua organizzazione nel sito."

Capitan Sfascia raccontava a Massimo e Vito che mentre Sandro parlava, lui pensava a come preparare la loro venuta in loco, voleva organizzare bene la cosa. Ci aveva pensato tutta la notte. Il nome Diavoli rossi, Andrea lo aveva sempre adottato con pieno successo nella formazione di bande di ragazzini da strada nei suoi trascorsi in quel di Palermo, dove aveva dimorato all'età di sei anni e lo stesso aveva fatto quando si era trasferito in provincia di Bari, senza contare l'esperienza durante l'estate a Casalabate, sempre quel nome: Diavoli rossi. Adesso che si apriva una nuova epopea, lui si domandava, perché non continuare con quel nome? Così fece e propose. Il giorno dopo, Andrea raccontava di aver ricevuto la visita dei suoi cugini da parte di madre. Questi erano Rino, Massimino e Gianluca. Con loro si presentò nel parco al cospetto di Sandro che lo attendeva col suo pallone. Conobbe altri ragazzini amici di Sandro, al quale gli presentò i suoi cugini.

- "Ci sedemmo sulle scalinate centrali del parco e iniziai a proporgli quanto avevo in mente.
- "In Appia verde ci sono particolari problemi?"
- "Chiesi così a bruciapelo"

Sandro, storcendo un po' il muso raccontava di qualche sconfinamento da parte di ragazzini esterni al complesso che venivano a fare la loro legge.

- "Perfetto dissi fra me e me". Concludeva Andrea.

- "Mi appartai così con Sandro definendo gli ultimi dettagli per la formazione di una banda (col nome naturalmente Diavoli rossi) al quale avrei dato a lui pieni poteri e annunciando naturalmente la vostra futura venuta a piena partecipazione del progetto".
- "Fantastico!" esclamò soddisfatto Zippo. "E tu che grado ricopri Andrè?"
- "Ah, guarda" Esclamava Andrea con fare flemmatico. "Mi sono un po' rotto di fare il capo, lascio fare a voi"
- "Allora io voglio il grado di Maggiore!" Si propose serio Vito Zippo allargando le spalle, dandosi contegno.
- "E sia!" Accettò Andrea.
- "E io?" attaccò presto Massimo.
- "Te poi vedremo"

La tensione suscitata dai racconti capitan Sfascia era salita alle stelle e i due fratelli non vedevano l'ora di approdare in quel posto. Non rimaneva che fissare una data, e la data fu fissata: si sarebbero incontrati la mattina di sabato due settembre all'entrata di questo complesso residenziale chiamato APPIA VERDE.

Nessuno di loro, e neanche Sandro al momento ne sapevano calcolare la dimensione, l'immensità che quella data comportava per il resto della loro vita. Era l'inizio di una grande avvincente avventura

Alla Scoperta de l'Appia Verde

La sera prima del grande giorno papà Mimmo detto in seguito Totò, approntò per i suoi figli una mappa abbastanza dettagliata sul percorso da seguire per arrivare all'Appia verde. Dovevano coprire una lunga distanza e giungere all'estrema periferia nord-ovest della città. Vito e Massimo a quel tempo non si erano mai spinti così lontano da soli, ma la cosa non gli destava preoccupazioni. Sul foglio c'erano segnati in maniera chiara oltre agli incroci, anche il nome delle vie da percorrere e così sulla carta la cosa appariva abbastanza facile e chiara. Dopo averla studiata per bene sotto la supervisione di papà Mimmo detto in seguito Totò, andarono a letto di buon'ora addormentandosi coi pensieri che i racconti di capitan Sfascia aveva loro suscitato. L'ultimo pensiero prima di addormentarsi fu quello che il gran giorno era arrivato e pregavano affinché la notte passasse in fretta.

Così a svegliarli il giorno dopo fu un'ansia irrequieta di affrontare quanto prima quel viaggio attraverso Brindisi alla scoperta dell'Appia verde. Dopo le varie preparazioni di rito, insieme ripresero ad esaminare la mappa e iniziarono le prime difficoltà.

- "Dobbiamo andare a sinistra per viale Liguria e poi salire verso nord su via san Giovanni bosco come ha scritto papà ti dico!", Asseriva convinto Massimo.

- "Così fino alla fine della città dove c'è segnata la croce sulla mappa"

- "Ma che stai dicendo" Interrompeva l'altro con fare da saccente.

- "Secondo me invece dobbiamo andare dritto subito a nord, su strade che già conosciamo e poi tagliare alla fine sul via Cappuccini ad ovest".

- "Tu sei scemo, non capisci niente."

Non trovarono un punto d'accordo, il padre era già andato a lavorare, Sfascia per altro non aveva neanche un recapito telefonico, la madre non sapeva niente e non voleva saperne niente e allora si decise di risolverla a botte. Dopo una bella azzuffata ognuno prese la sua strada in silenzio. Massimo ebbe con lui la mappa, Zippo, testardo decise di arrangiarsi a memoria. Fu lui a partire per primo, lasciando Massimo ancora per terra e cominciò il suo peregrinare per le strade di Brindisi alla ricerca dell'Appia verde. L'indirizzo era: Appia verde, Via Cappuccini numero 178. Si ritrovò col fratello mezzora più tardi proprio dove si riteneva essere il punto x. Massimo procedeva incontro al fratello col foglietto della mappa in mano.

- "Beh? L'hai trovata?"
- "No, e tu?"

Le difficoltà continuarono. I loro dissapori erano appianati ma rimaneva da risolvere un altro dilemma: la via dei Cappuccini finiva senza il numero civico 178. Camminarono avanti ed indietro verso quello che era l'ultimo indizio sulla mappa. Sul punto x del foglio vi era disegnato un cancello con degli alberi intorno; tutto lasciava presupporre che il complesso abitativo di palazzi che avevamo di fronte alla fine di Via Cappuccini, racchiuso da una cinta di mura alta un paio di metri con degli alberi al suo interno fosse proprio la loro meta, ma dai racconti fatti da capitan Sfascia ci doveva essere anche un grande parco e poi non vi era impresso alcun numero civico.

Su di una torretta all'interno di questo grande complesso, proprio di fianco al cancello d'entrata spalancato, scorsero uno strano figuro che pareva montare di guardia. La cosa li insospettì parecchio, quanto sicuramente insospettì quel ragazzino di guardia che aveva senz'altro notato il loro andirivieni incerto intorno a quel posto. Parlottarono un po' fra loro e poi decisero di tentare. Si avvicinarono convinti verso quel ragazzino chiedendo a bruciapelo:

– "Dov'è Andrea?".

Questo sulle prime rimase sbigottito, poi ci pensò un po' su e rispose serioso: - "Andrea si trova nel parco con gli altri, perché cosa volete da lui?".

Per loro fu come una parola d'ordine che risolveva l'arcano. Costui conosceva Andrea, o forse "un Andrea". Era già qualcosa, ma dov'era questo cazzo di parco?

Era quella l'Appia verde?

I dubbi si sciolsero completamente subito dopo come nebbia al sole: ecco in lontananza apparire da sotto una rampa di garage posta al di là del cancello d'entrata capitan Sfascia, affiancato da altri due strani figuri! Subito dette ordine al ragazzo di guardia di lasciarli entrare e glielo presentò. L'ometto misterioso si chiamava Maurizio, detto poi in seguito Cavallo. Continuarono le presentazioni. Andrea aveva fatto un gran parlare di Vito e Massimo, facendoli figurare positivamente, per cui il ghiaccio si sciolse presto. Chiesero ad Andrea dove fosse questo famoso parco di cui tanto gliene aveva parlato nei suoi racconti e lui fece segno col dito verso l'alto, sopra ai garage da dove lui era sbucato; rimasero a bocca aperta.

Al momento del loro arrivo, Andrea stava effettuando un giro di ronda nell'Appia verde, avendo lasciato Maurizio di guardia all'entrata ad attenderli. Continuarono la ronda con lui e gli altri ragazzi, lasciando Maurizio dov'era. Ridiscesero insieme la rampa d'entrata dei garage lasciandosi inghiottire dal buio.

Quel sotterraneo si snodava in due lunghissime ed ampie corsie dove, per ogni lato delle quali, si estendevano file interminabili di saracinesche rosse di tutti i garage degli abitanti dell'Appia verde. Presero per la seconda corsia e proseguirono al buio per una trentina di metri in quella maestosità fatta di serrande rosse. Delle prese d'aria poste sul soffitto fornivano una tenue luce al complesso sotterraneo.

- "Quelle sbucano sul parco" Informava capitan Sfascia ai nuovi ospiti indicando i grossi fori sopra le loro teste. "Poi vi faccio vedere quando saliamo su".
- "Nell'Appia verde ci sono ancora diversi cantieri di lavori in corso per l'ultimazione della costruzione del complesso." Continuava Andrea. "Questo significa che abbiamo a disposizione sempre materiale fresco per la fabbricazione di armi; ci sono chiodi, legni ed altre cose interessanti."
- "Ah! Benissimo" Si sfregavano le mani Vito e suo fratello.

Il ragazzino che camminava sulla destra dei tre cugini, un certo Luigi intervenne alla discussione.

- "I muratori ultimamente si sono un po' incazzati per via dei continui sparimenti dalla loro attrezzatura. Si sono pure rivolti a Ernesto."
- "Chi è sto Ernesto Andrè?" Chiese Zippo preoccupato.
- "L'amministratore dell'Appia verde"
- "E a quanto pare sembra che voglia prendere provvedimenti, vuole risolvere la cosa" Ammoniva Luigi. Andrea rimaneva impassibile.

Durante quella passeggiata, si notava che i corridoi principali si snodavano in altri corridoi secondari e diversi altri passaggi stretti, dando l'impressione di un vero e proprio labirinto. Presero a destra per un passaggio corto che dava su una scala, alfine risalirono verso la luce.

Sbucarono di fronte un vasto lotto di terra incolto dove vi erano impilati alcuni materiali da costruzione. Lì Zippo raccolse una mazza che, considerata la sua perfetta forma lineare, elesse come sua arma personale. Anche Massimo si armò con un bastone, Sfascia era già armato così come anche gli altri due ragazzini. In lontananza scorsero Maurizio, il ragazzino lasciato di guardia ai cancelli d'entrata dell'Appia verde, venir loro incontro a passo lesto in compagnia di un altro ragazzino, era inseguito da alcune persone grandi e veniva ad avvertirli che erano in pericolo. Era cominciata la caccia da parte di quella gente dal quale Luigi aveva messo in guardia tutti poco prima sotto i garage.

Quelli alzarono il passo con chiaro fare minaccioso, loro iniziarono a correre nella direzione opposta. Tutta la truppa seguiva Andrea, lui correva verso gli ultimi palazzi ancora in costruzione. Saliva e scendeva scale, sopra e sotto i garage, prendeva strani corridoi e sbucava in posti nuovi, mai visti prima da Vito e Massimo i quali si erano già persi, continuavano a seguire il cugino fiduciosi, sempre di corsa. Ad un certo punto sbucarono in un sottoscala che lui diceva essere quello del suo palazzo, salirono fino all'ascensore dove Andrea pigiò in tutta fretta il tasto per il terzo piano. Erano rimasti Zippo, Massimo, Andrea e Luigi, degli altri si erano perse le tracce.

Salutarono la zia, mamma di Andrea, che venne ad aprirgli la porta e subito dopo si affacciarono al balcone della cucina. Qui Vito e Massimo poterono ammirare finalmente il parco in tutta la sua ampiezza.

Quell'enorme struttura in mattoni e cemento si espandeva immenso sotto le loro facce sbigottite.

- "Allora gente, che ne dite?"
- "La miseria Andrè, proprio come ce lo avevi descritto!".

C'era tutto, compresi i due campi da tennis e quello di pallavolo. Intorno al parco si ergevano le lunghe palazzine del complesso tranne che verso ovest, dove era aperta una libera visuale verso ponente.

La palazzina di Sfascia era posta sulla base di questo complesso e dando appunto il muso verso ovest il suo balcone godeva di un ottimo panorama, dove l'occhio si perdeva su un lunghissimo orizzonte al di là dell'Appia verde e della città stessa che terminava in quel punto. Tra vedute di campi che si univano al cielo si scorgevano anche il luccicare dei binari.

- "Chissà che tramonti ti puoi godere da qui eh?". Sussurrava ammaliato Vito Zippo con la mano a riparare gli occhi dal sole mentre cercava di spronare il suo sguardo miope. Questo perché Vito, oltre che miope, per convinzione personale non portava mai gli occhiali. Praticamente aveva vergognava ad indossarli. Quindi quando c'era da mirare lontano, lui storceva gli occhi, stando bene attento a non farsi notare. Pose poi il suo sguardo sulla sinistra, dove era possibile scorgere il cancello d'entrata principale e le grosse aiuole con la scritta di benvenuto: "Appia verde".

Proprio in quel momento, una sagoma su una bicicletta sbilenca si apprestava a passare la via d'entrata.

- "Sta entrando qualcuno" esclamò Zippo storcendo gli occhi.
Subito Sfascia si mise in allarme. - "Ma è il capo! Il capo! È arrivato il capo, presto scendiamo!"

Si precipitarono giù per le scale, finalmente Vito e Massimo avrebbero conosciuto questo fantomatico capo banda. Agli occhi sguerci di Vito Zippo quella sagoma aveva un qualcosa di familiare e quando si trovò di fronte ne ebbe la conferma. Andrea iniziò le presentazioni ed in un attimo si rese conto che non ce n'era bisogno: Vito, Massimo e Sandro si abbracciarono come vecchi amici ritrovati.

- "Naaa! E tu qua stai?"
- "Naaa! Allora eravate voi i cugini di Andrea?"
- "Fatemi capire anche a me!" Implorava capitan Sfascia.
- "No, praticamente, Sandro lo conosciamo già da tanto, dal tempo in cui i nostri genitori avevano affittato delle cabine attigue alla spiaggia del lido Sant'Anna, sulla costa del brindisino. Lì sfidavamo insieme, con delle partite di calcio, la squadra dei ragazzi delle cabine opposte. Ci ricordiamo bene di lui e delle sue fughe sul campo di calcio ai danni degli avversari"
- "Ma tu guarda la combinazione" Continuava a ripetere Sandro.

Una volta finiti i convenevoli Vito e Massimo chiesero a Sandro e Andrea di andare a vedere il parco; furono accontentati. Lo esplorarono in tutte le sue parti in compagnia dei loro anfitrioni, Andrea faceva notare quanto la sua conformazione fosse adatta per fare allenamenti; alcune scalinate finivano con un balzo di più di un metro e mezzo, altre salivano a piramide circolare delineando la sommità di alcune torrette cilindriche. Queste recavano ai lati alcune larghe feritoie. Massimo mise la testa all'interno di una di queste e si affacciò direttamente in una delle grosse gallerie dei garage; c'erano più di quattro metri di distanza fra la sua testa ed il pavimento di quel sotterraneo dove poco prima erano passati con Sfascia.

Alzando la panoramica dello sguardo si scopriva la presenza delle altre tre torrette in linea d'aria retta a quella, così come nei racconti di capitan Sfascia e parallelamente altre quattro torrette seguivano lo stesso percorso verso ovest. Delineavano quindi il tracciato sotterraneo delle due gallerie principali dei garage.

Sandro e Sfascia parlottarono un po' fra loro e dopo decisero di rivelare uno dei tanti segreti della banda. Accompagnarono i nuovi cadetti alla seconda torretta della prima fila ad est.

- "Adesso guarda dentro". Suggerì capitan Sfascia.
- "Ma è chiuso!" Osservò Massimo.

Il suo interno aveva un doppio fondo tipo bunker e non sbucava nei garage come le altre. Era un deposito d'armi della banda.

- "Dopo il vostro arruolamento ufficiale nella banda vi potremo rivelare altri segreti del luogo". Sentenziò secco Sandro.
- "Ma quando avverrà?" Chiesero all'unisono i due fratelli.

- "Ho intenzione di radunare la banda al completo per il pomeriggio" rispose Sandro.

Storsero un po' il muso, poiché di lì a breve loro avrebbero dovuto riprendere la strada di casa, oltretutto era quasi mezzogiorno, il pensiero di tornare nel pomeriggio e rifare la strada non tanto gli piaceva. Sandro continuava a ripetere che per la loro annessione era necessaria la presenza di tutta la banda, cosa che non si poteva realizzare in maniera imminente vista l'ora. Sfascia trovò subito la soluzione.

L'idea del suo invito a rimanere a pranzo accontentò tutti, salirono quindi a casa di Sandro ad effettuare la telefonata per avvertire i genitori (Andrea non aveva telefono).

La madre acconsentì immediatamente, contenta del fatto che quel giorno era anche il quindicesimo compleanno di Gabriella che aveva programmato una festa nel pomeriggio con i suoi amici "fricchettoni". Siccome Vito e Massimo erano due pesti, era ben contenta di tenerli un po' alla larga, evitando così eventuali casini che avrebbero combinato con gli amici della figlia, lasciando a lei la possibilità di divertirsi tranquillamente. Tutto andava per il verso giusto, erano tutti più rilassati e si godettero il pranzo a casa di Sfascia con gli zii.

Di primo pomeriggio si incontrarono con Sandro. L'appuntamento era stato fissato per le tre sotto i garage, in uno dei tanti spiazzi sotterranei raggiungibili dalle gallerie principali. C'era il gran completo della banda dei Diavoli rossi dell'Appia verde. Sandro passò in rassegna tutti con lo sguardo serio, con i suoi riccioli biondi che gli scendevano su di un paio di occhiali spessi. Fece eseguire una punizione su un ragazzino per aver commesso qualcosa di sbagliato; quasi nessuno aveva capito se avesse lasciato un posto di guardia o fornito delle informazioni a nemici esterni. Fatto sta' che gli fu inflitta una pena corporale a colpi di frusta eseguita sotto gli occhi di tutti. Vito, Massimo e Andrea rimasero impassibili, senza lasciar trasparire alcuna emozione, come a voler dare prova davanti agli altri di un carattere forte; guardarono e basta. Conobbero Sandro anche sotto quest'aspetto bellicoso ed intransigente, poi presentò i nuovi cadetti a chi non li conosceva ancora, annettendoli formalmente alla banda.

Chi fossero i nemici che dovevano affrontare, Vito e Massimo non ne avevano la più pallida idea; si parlava di difesa del territorio, di ragazzi estranei che entravano nell'Appia verde che si dovevano affrontare e scacciare e anche di una piccola banda antagonista all'interno del complesso formata da un manipolo di ragazzini capeggiati da certi gemelli di nome Vito e Michele, che non volevano annettersi alla banda di Sandro. Può darsi che quel ragazzino punito avesse avuto contatti con questi individui. Si parlò anche del fatto accaduto in mattinata con i muratori e per questo si decise di usare prudenza e di rimanere, per quel pomeriggio, sotto i garage a pattugliare nel buio. Al primo avvistamento di persone grandi in gruppo o quando la luce veniva accesa bisognava esser pronti a dare l'allarme ed a far perdere le proprie tracce dentro quel labirinto.

Si pattugliava in fila indiana, con qualcuno in avanguardia e qualcuno in retroguardia, ogni minimo rumore o l'arrivo di persone che andavano a prendere l'auto dal proprio box era motivo di allerta.

Ben presto cominciarono a divertirsi, Zippo, col suo bel grado di Maggiore riconosciutogli sul campo si immedesimava sempre più nel personaggio così come Massimo, di cui venne insignito di un grado da ufficiale minore. Sfascia teneva sempre quello di capitano, poi c'era il capo supremo Sandro insieme ad una truppaglia variegata di ragazzini che li seguivano divertiti.

Venne poi il momento della rivelazione di nuovi segreti in quel mondo magico. Andrea e Sandro svelarono un nuovo nascondiglio segreto da usare in extremis in quel labirinto. Molti dei box erano ancora sfitti ed alle spalle ognuno aveva in alto una finestrella a bocca di lupo che dava all'aperto. Data la loro piccola ed abile fisionomia di ragazzini era possibile dall'esterno calarsi dalla finestrella dentro uno di questi box sfitti ed una volta cessato il pericolo aprire la saracinesca dall'interno. Andrea, con la sua abilità "scimmiesca", con quattro salti gli fece vedere come questo si poteva attuare in poco tempo, poi fece esercitare anche i cugini.

- "Ricordatevi qual è la serranda giusta però!" Ridacchiava Sandro consigliandoli di rammentare l'esatta ubicazione di questo garage per evitare di

confonderlo con le centinaia di serrande rosse che lo affiancavano.
- "Aspetta!" Capitan Sfascia, con esperienza marcò con una incisione la vernice rossa della serranda speciale. "Questa è la serranda giusta" Concluse strizzando l'occhio.
 Era davvero un'esperienza esaltante e quello che realmente li eccitava di più era il fatto che ogni minuto scoprivano sempre qualcosa di nuovo in quello strano mondo fatto di cunicoli, gallerie ed ampi spazi di sole.

Venne presto sera, con papà Totò erano rimasti d'accordo che sarebbe passato a prelevarli con l'auto ad un certo orario, cosa che avvenne di lì a poco. Quando Vito e Massimo entrarono in macchina il padre voleva sapere come era andata e se si eravamo divertiti. Cose da raccontare ce ne erano davvero tante che non sapevano proprio da dove iniziare.   Papà Totò, ansioso voleva sapere.

"Papà, ti ricordi quella mappa che ci hai disegnato? Dunque……"

Sopra e sotto il parco

Il mese di settembre rappresentava per tutti i ragazzi l'ultima spiaggia delle vacanze prima di ritornare di nuovo sui banchi di scuola. Ognuno cercava di divertirsi come meglio poteva. In quel periodo questo non era un problema, loro avevano trovato uno svago che gli permetteva di rendere quest'attesa meno amara, anzi all'inizio della scuola non ci pensavano per niente.

Questo svago si chiamava Appia verde, posto che dopo quel fatidico due settembre, cominciarono a frequentare assiduamente, anche dopo l'inizio della scuola.

Già il giorno dopo la sua scoperta, alle dieci di mattina Vito e Massimo si trovavano sul parco dell'Appia verde agli ordini di Sandro. La banda dei Diavoli rossi d'Appia verde prese presto corpo e sostanza fra tutti i componenti, con i più piccini che avevano sempre più ammirazione per i più grandi.

Era davvero un mondo fantastico. Ormai la distanza che c'era da casa all'Appia verde non spaventava più Vito e Massimo, che rifacevano ogni giorno la strada di buona lena. A mezzogiorno dopo aver depositato con cura le loro armi nel bunker segreto, facevano ritorno a casa dove mancavano dalle nove e mezzo. Soltanto il tempo per mangiare e poi via, riprendevano la strada per l'Appia verde, sotto il sole caldo del primo pomeriggio di settembre. Giorno per giorno a fare nuove scoperte e nuove avventure, ogni giorno a ripercorrere la strada di casa, Zippo avanti e Massimo dietro, Massimo avanti e Zippo dietro; rientravano a casa la sera, con la testa totalmente assorbita come in una voragine dall'Appia verde. I genitori notavano il cambiamento, ma vederli così felici per loro era motivo di gioia, tranne per qualche incazzatura dovuta al fatto che ogni giorno a pranzo arrivavano in sistematicamente in ritardo, mangiavano come fulmini e sparivano ancora più velocemente.

Togliendo dei potenziali pericoli che si potevano incontrare lungo il cammino che conduceva alla meta, per il resto loro non potevano che essere tranquilli, visto che andavamo a stare dentro un cortile condominiale e non in mezzo alla strada.

- "E cos'è mai quest'Appia verde che vi ha rapito così tanto?"
Gli diceva la madre nei rari momenti che riusciva a beccarli.
Gliela avevano solo descritta sommariamente, ma lei, come del resto Totò, erano davvero curiosi di vederla di persona.
- "Mo' devo venire pure io all'Appia verde, qualche volta a sorpresa!".

Diceva sfottendoli, ed un pomeriggio, senza dirgli niente, venne davvero a trovare lo zio Charlie in compagnia di Totò. Li scorsero affacciarsi dal balcone della cucina di casa Sfascia e li salutarono un po' sorpresi. Si godettero uno dei migliori tramonti settembrini di quell'anno, mentre dabbasso nel parco, i ragazzi erano impegnati e indaffarati a coprire con le loro fantasie, gli ampi spazi di quel parco dipinto dalle ultime sfumature di rosso del sole, e di daffare c'era davvero tanto.

In quei primi giorni Vito e Massimo scoprirono l'Appia verde in tutti i suoi punti cardinali. Impararono bene l'esatta ubicazione di tutti i passaggi segreti sotto i garage, le sue vie di accesso più remote e quelle di fuga dai sottoscala delle rispettive quattro palazzine che, come abbiamo detto in precedenza, si erigevano intorno al parco.

Spesso avevano a che fare con ragazzi estranei che varcavano la soia dell'Appia verde senza permesso e che quindi dovevano essere scacciati perché indesiderati. A questo punto adottavano due diverse tattiche di guerra: la prima comportava un attacco diretto, nel caso gli estranei erano in numero ragionevole e poco bellicosi, li minacciavano con parolacce e/o impegnandoli in scaramucce e lanci di pietre.

La seconda opzione valeva nel caso gli indesiderati fossero stati in troppi oppure, come spesso capitava, quando questi erano mezzi delinquenti o facce poco raccomandabili e quindi difficili da battere e da affrontare. In questo caso prendevano la via di fuga sotto i garage facendo perdere le tracce. L'intero complesso era delimitato da aiuole che contenevano una lunga fila di pini coi rami che sbucavano fuori dalla recinzione in muratura e che riempivano le zone sottostanti di rossastri aghi appuntiti, fino ad arrivare al cancello principale d'entrata. Alle spalle dell'Appia verde vi era un altro cancello che dava su una stradina senza uscita, al di là della quale vi era un terrapieno che delimitava l'accesso ai binari delle ferrovie dello stato.

Il parco centrale era invece delimitato da una rossa transenna di mezzo metro in ferro che dava direttamente nei giardini privati delle case condominiali poste al pian terreno. Nel parco vi si accedeva tramite delle piccole entrate laterali aggirando le palazzine dal cancello principale.

L'entrata dell'Appia verde era leggermente in salita di fronte alla quale vi era, come descritto in precedenza, la discesa della rampa d'accesso ai garage. Sopra di questa si poteva scorgere la transenna di ferro che delimitava il grande parco. Spesso vi ci si accedeva arrampicandosi su di questa ringhiera scalando delle enormi aiuole circolari poste a sbalzi a diversi piani di altezza sul lato sinistro della rampa del garage.

In quei tempi era tutto un arrampicarsi, correre e saltare e gli spazi di certo non mancavano.

Un quartetto affiatato

Prima della scoperta dell'appia verde, Vito e Massimo erano soliti frequentare due ragazzini che abitavano nello stesso palazzo e con i quali erano cresciuti.
Uno si chiamava Toni detto "bomba" per la sua corporatura robusta e l'altro si chiamava Sergio, occhialuto e dalla corporatura più asciutta.

Erano un quartetto molto affiatato, uscivano sempre insieme e ne combinavano di tutti i colori. Insieme facevano grandi giocate coi soldatini Atlantic, con le palline di vetro negli sterrati vicino casa o sui tappeti delle loro camerette, andavano in giro con le biciclette ad esplorare i dintorni e quant'altro si faceva in quegli anni a quell'età. Insieme varcarono per la prima volta la soia di casa a conoscere altri ragazzi del vicinato a giocare a pallone ed insieme facevano le prime timide passeggiate nel centro cittadino o a vedere qualche film in qualche cinema mattiniero o parrocchiale. Il più sveglio di loro era senz'altro Toni bomba; era sempre lui a mettere l'ultima parola e spesso si affidavano a lui per le decisioni importanti.

Toni era un tipo raggiante, sempre con lo scherzo a portata di mano ora a sfottere Zippo per i suoi capelli crespi, ora a sfottere Sergio per i suoi occhiali spessi o Massimo per la sua parlata nasale. Sergio invece era un tipo abbastanza tranquillo e taciturno e si adattava alle circostanze. Con lui Vito e Massimo passavano più tempo che con Toni perché abitava proprio sotto casa loro, tanto che costruirono dei telefoni con lo spago per comunicare da balcone a balcone anche di sera dopo cena.

Toni risiedeva nell'appartamento di fronte, ad una distanza approssimata di circa una ventina di metri ed era abitudine tirarsi di tutto: dai pomodori alle cipolle alle nespole ai mandarini e quant'altro gli capitava fra le mani a servire da munizione, persino carbonella per barbecue. La mira naturalmente non era infallibile come credevano e spesso le balconate adiacenti venivano sommerse da una pioggia di ortaggi. I condomini si lamentavano, rimostrando le proteste ai loro rispettivi genitori. Decisero di cambiare tipo di corrispondenza affidandosi questa volta a quella fatta proprio di carta e penna.

Non si sa bene chi dei quattro ebbe la trovata geniale e cominciò per primo, inaugurando quella strana moda. Ogni qual volta che uno di loro si allontanava da casa per uscire coi genitori per un periodo più o meno lungo, gli altri si riunivano e stilavano delle lettere amatoriali (con carta di quaderno da scuola) dirette all'assente malcapitato di turno. Il contenuto era per il buon novantacinque per cento rappresentato da insulti tra i più disparati in rima e non, correlati anche da umoristici e divertenti disegnini esplicativi.

Le lettere venivano così richiuse alla buona, aiutati a volte da nastro adesivo e colla, pronte per essere spedite.

A recapitarle erano sempre loro, servendosi proprio della cassetta delle lettere condominiali, prima che l'assente tornasse in sede coi suoi genitori, immaginandone con gusto la faccia perplessa ed attapirata; anche se per buona parte era già attesa con rassegnazione. Così bollette della luce ed altro venivano affiancate da messaggi quali "Toni bomba è un ciccione!" oppure "Vito Vituccio capo di ciuccio" etc.

Fin quando continuò, la cosa fu bella e divertente ma come ogni cosa che facevano, era destinata a protrarsi fino all'esagerazione e ben presto ci fu un episodio che cambiò drasticamente le cose. Una sera, mentre Toni bomba era impegnato in un'uscita con la famiglia, Vito e Sergio si riunirono di rito a svolgere quello che doveva essere fatto per quell'occasione. Prepararono quintalate di lettere da imbucare nella cassetta di Toni ed anche diversi messaggi da incollare sull'uscio di casa sua e financo sotto lo zerbino.

Presi dall'incontenibile frenesia però, sbagliarono buca delle lettere cosicché un'ignara vecchietta che abitava di fianco a Toni si trovò la sua cassetta delle lettere intasata fino all'orlo da strani animaleschi e volgari messaggi. Questa montò un casino della Madonna e la cosa si riseppe in tutto il palazzo, comprese le orecchie dei genitori che misero fine alla "corrispondenza fai da te".

La parola tornò allora nuovamente agli ortaggi volanti che ricominciarono a spiaccicarsi regolarmente sulle varie balconate, credendo che in questo lasso di tempo la mira fosse migliorata; si sbagliavano ancora.

Seguì una repressione violenta ai danni dei fondoschiena da parte dei genitori, convincendoli a lasciar perdere per sempre quel tipo di argomento. Provarono allora con le "sette segrete". Come in quegli anni era uscita in televisione la notizia del famoso scandalo della P2, così in gran segreto si riunivamo nelle scale dicendo ai rispettivi genitori che ognuno andava a casa dell'altro, creandosi così dei solidi alibi. Una volta riuniti, salivano in silenzio su in terrazza e qui mettevamo all'opera i loro piani a delinquere (ricordiamo che era una palazzina di sei piani). Con delle palline precedentemente confezionate con la terra delle piante dei rispettivi balconi colpivano dall'alto le auto di passaggio, le corriere di linea ed incauti passanti che loro malgrado si trovavano a passeggiare in quel momento sotto il loro palazzo. Avevano trovato un nuovo divertente svago ma ben presto una sera arrivarono all'esagerazione anche con questo.

Obiettivo: signore con cagnolino fermo davanti al segnale stradale all'incrocio sotto casa.

Coordinate e difficoltà dell'obiettivo: quasi perpendicolare al campo di fuoco, visibilità ottima nonostante sia riparato per poco dal cartello stradale. Premio in palio: una grossa palla magica colorata di gomma offerta da Toni bomba. Obiettivo centrato! Tre colpi a segno su quattro, mai la mira era stata così perfetta! Si misero al riparo. Si udirono una serie di imprecazioni dal basso che fecero lasciare il campo in tutta fretta ai nostri cecchini e la cosa non finì lì. La vittima si diresse subito verso la portinaia del palazzo a chiedere spiegazioni cercando i colpevoli.

Ognuno fece ritorno in casa propria, avevano un alibi finché i genitori non si fossero messi in contatto fra loro, cosa che non avevano previsto e che avvenne per l'esasperazione della portinaia, ormai provata da avvenimenti del genere.

Non ci furono vere e proprie prove e la cosa si mise a tacere per il beneplacito della comunità, ma furono ammoniti molto duramente ed il prossimo sbaglio gli sarebbe costato caro. La portinaia ormai era come se avesse affisse le loro foto in bacheca con tanto di "wanted" e taglia. Ogni volta che le passavano accanto, agitava la scopa e qualche volta gliela tirava anche dietro.

I rapporti con il resto dei condomini non erano fra i più rosei. Spesso giocando sul pianerottolo delle scale coi soldatini abbattendoli con delle palle di gomma vista la mira che lasciava a desiderare, andavano a sbattere fragorosamente sulle porte dei vicini. Dileguarsi era inutile; conoscevano i loro nomi come le piaghe d'Egitto facendoli echeggiare da un pianerottolo all'altro:

- "Sergio, Vito, Massimo, Toni...maledetti.... Andate alle case vostre a rompere i c..."

Lo spazio cominciava ad essere stretto, c'era veramente bisogno di cambiare aria. Vito e Massimo dettero un'opportunità al gruppo, e sappiamo già dove:
...c'era un luogo lontano da casa dove il sole splendeva alto nel cielo terso e sconfinato e di spazio ce n'era davvero tanto. Naturalmente si parla dell'Appia verde.

Toni e Sergio accettarono di buon grado, vennero informati su quanto c'era da sapere ed il giorno dopo Sandro ed Andrea videro spuntare sul parco due nuove "leve".

Toni come abbiamo già detto, era un tipo molto allegro e gli piaceva scherzare su tutto, portò una ventata d'aria nuova nella banda. Per qualche strano motivo chiamava Sandro "nocciolina"; forse il primo giorno che vennero presentati alla banda Sandro era intento a sgranocchiare noccioline o altro, fatto sta che di lì a poco gli affibbiò questo soprannome ed ogni volta che sbarcava all'Appia verde aveva cura di portargli sempre una noce, una mandorla fresca o un'arachide sbucciata.

Naturalmente Sandro non tanto gradiva queste provocanti attenzioni di scherno nei suoi confronti e Toni era sempre in punizione, anche se le punizioni corporali su di lui sortivano poco effetto vista la sua corporatura robusta a prova di "bomba". Continuava quindi imperterrito coi suoi folleggi, fino alla disperazione di Sandro. Zippo e Sfascia cercavano di esser seri ma era impossibile; dopo un po' Toni inesorabilmente coinvolgeva anche loro, riuscendogli a strappare un sorriso galeotto.

Sergio e Toni non erano degli assidui frequentatori dell'Appia verde come Vito e Massimo, ma quando ci andavano insieme era davvero uno spasso. Molte volte per alleviare il fastidio della lunghezza del viaggio di ritorno, scherzando sugli avvenimenti del giorno trascorso in Appia verde, erano soliti fare uno strano gioco: si prendevano tutt'e quattro sottobraccio e così procedevano fino a casa.

La scommessa era che qualsiasi ostacolo avessero incontrato lungo il percorso gli dovevano andare incontro impassibilmente senza scansarsi, questo voleva dire andare a sbattere contro pali, cabine telefoniche, auto in sosta o calpestare pozzanghere ed altro.
Avevano allargato i loro orizzonti, il loro spirito era pronto a nuove esperienze.

Rotture e tradimenti

Zippo fece conoscenza con Simonetta nei primi giorni lì in Appia verde, durante uno dei pochi periodi di pausa che lo vedeva impegnato coi Diavoli rossi.
Era seduto ai margini di un'aiuola immerso in chissà quali pensieri, quando lei gli sfrecciò davanti col suo motorino. Andava su e giù per i vialetti scarrozzando la sorellina più piccola dietro al sellino, in breve lui fu rapito dai lunghi capelli biondi che si agitavano al vento. Fece appello a tutte le sue forze per vincere la timidezza, alfine le si avvicinò.

- "È proprio un bel posto l'Appia verde, chissà che bello girarlo in moto!"
- "Sei il cugino di Teresa e Andrea?"
- "SI!" Gli rispose Vito con un po' di meraviglia e di riserbo; sapeva chi fosse ed il ghiaccio fu rotto.

Restarono seduti ai margini dell'aiuola a parlare un po' del più e del meno.
- "Mi chiamo Vito"
- "Lo so"

Si accorse in breve termine che era una ragazza abbastanza spigliata e certamente molto meno timida e più intraprendente di lui.

Aveva un debole per la musica, le piaceva ballare, specialmente il rock & roll.
- "Che ne dici di Elvis Presley? È fortissimo, ho comperato ieri un'altra audiocassetta." Le raccontava entusiasta, Zippo annuiva compiaciuto, anche se a quel tempo Elvis Presley lo conosceva appena di fama, ma gli piaceva starla a sentire parlare e cercava di fare altrettanto, stando attento a non prendere cantonate. Dopo un po' lei risalì in sella al motorino e scomparve dietro l'angolo della via.

- "Ci vediamo dopo!" Fece quasi a tempo a pronunciare Vito Zippo.
Eccitato dalla cosa ne parlò subito a Sandro e Andrea che espressero il loro disappunto. Sandro diceva di conoscerla da un po' consigliando di lasciar perdere.
- "Fa troppe promesse e tutti ne rimangono delusi." Suggeriva serioso al suo amico.

Zippo fece orecchio da mercante e da quel giorno cominciò a frequentarla più spesso tutte le volte che poteva, alternando quelli che erano i doveri con la banda. Era quello che temeva Andrea.

Simonetta era sempre a criticare quello che lui faceva con la banda in giro per l'Appia verde, esortandolo a mollare tutto per stare più tempo con lei. A quanto pare la cosa pareva montare bene fra loro e non certo coi rapporti con Sandro e Andrea che andavano inversamente a scemare. Cercando di trovare dei compromessi per meglio dividersi tra lei e gli altri constatava amaramente che la cosa non aveva futuro.

Aveva dei doveri profondi con loro e tutto sommato la vita di "banda" lo attraeva ma gli occhi di lei lo tiravano uguale e alla fine era sempre a cercarla e quando non lo faceva lui, a cercarlo era lei. Alle volte tentava di convincerla a seguirli nelle loro imprese sotto la disapprovazione totale, arrivando al culmine della rottura. Ormai sentiva nell'aria che ben presto gli avrebbero chiesto di scegliere fra lei ed il resto; lui non voleva arrivare a questo ma la strada portava inesorabilmente al bivio.

Aveva bisogno di una prova per riscattare la fiducia del gruppo e questa arrivò inesorabile a cambiare le cose, ma nel verso sbagliato.
Da alcuni giorni erano stati avvistati degli estranei nel suolo dell'Appia verde; dei ragazzi che entravano ad esplorare il complesso senza nessuna autorizzazione. Parevano essere tipi non pericolosi e facilmente impressionabili, si decise di agire. Si riunì il gran consiglio dei Diavoli rossi, Sandro congegnò un piano.

- "Secondo me li possiamo avvicinare senza problemi. Li abbindoliamo con qualche stupidaggine e li portiamo sotto i garage. Poi tutti addosso!"

Erano tutti eccitati e pronti all'azione. Zippo non proferì verbo e non fece obiezioni; nella sua posizione era meglio non farne, e poi anche lui era in fibrillazione proprio come gli altri.
Avvistarono i nemici in un pomeriggio tardo ai margini del campo di pallavolo, volsero risoluti verso di loro. Sandro si fece avanti per un colloquio formale d'amicizia.

- "Vi piace questo posto? È di vostro gradimento?"

Il volto di Sandro assunse degli strani toni sarcastici ed un sorriso quasi innaturale nascondeva rabbia e disappunto. Questi non fiutando la trappola e anzi, meravigliati da tanta accoglienza, cominciarono a fare apprezzamenti sul luogo, dicendo che era da un paio di giorni che si erano spinti fin qui ad esplorare.

Sandro pareva sprizzare sdegno da tutti i pori della pelle, poggiò il braccio su uno di loro e parlò del parco esaltandolo in maniera quasi sproporzionata e delle sue capacità strutturali.

- "E dovete venire a vedere di sotto cosa c'è! Aree attrezzate, piscine..."

Le sue parole incuriosivano ancora di più gli incauti visitatori.
- "Di sotto! Di sotto al parco! Si scende da lì! Dietro quei campi da tennis!"

Ogni fazione fece gruppo parlottando in maniera eccitata, ognuno con fini diversi. Sandro impartì ordini alla sua banda, poi si fece avanti verso i suoi antagonisti; ormai li aveva soggiogati.

- "Allora volete vedere? Andiamo?"

I ragazzi presero a seguirlo fiduciosi con Andrea che proseguiva al loro fianco. Erano tutti tesi come molle, Zippo secondo ordini prestabiliti, rimase in retroguardia ad impedire eventuali fughe e ad uno ad uno li vedeva scomparire nel sottopasso a seguire la carovana guidata da Sandro.

Un ragazzino tornò indietro dal buio del sottopasso, era preoccupato della cosa, forse non si era fidato abbastanza del sorriso amico di Sandro e quando vide che il passo era bloccato inizio a singhiozzare. Aveva paura, chiese supplica di lasciarlo andare;

- "Dove vai? Non scendi con gli altri?"

Provava Vito ad avere un contegno da duro bloccando il fuggitivo.
Il ragazzino cominciò a piangere. Provava a fare il duro Zippo, ma non ci riusciva, quelle lacrime avevano sciolto la molla che teneva legata la sua coscienza; fece passare il ragazzino che fuggì oltre, contravvenendo a quelle che erano le sue consegne. Si era pentito.

Discese in fretta le scale con animo diverso da quello di cinque minuti prima, mentre dal basso gli venivano incontro le grida di coloro che erano incappati in una lurida trappola. Si scagliò in loro difesa aiutandoli a prendere la via di fuga, mostrando a tutti il volto del tradimento, furono attimi brevi e concitati, la battaglia terminò con i vinti verso la via di fuga più vicina. Ben presto Zippo rimase solo coi suoi compagni che presero ad attorniarlo.

- "Ma dovevamo per forza arrivare a tanto?" Attaccò Zippo con rabbia, animandosi intorno a loro cercando spiegazioni.

- "Ma che dici? Ne abbiamo discusso prima! Ma tu che cazzo hai capito?" Si infervoriva Sandro.
- "Si, ma c'era da arrivare a questo?"

- "Dobbiamo difendere i confini dell'Appia verde, te lo sei scordato? Sei pure Maggiore! E per questo meriti una punizione"
In tutta risposta Zippo si congedò dal gruppo mandando tutto a carte quarantotto ancora pieno delle sue convinzioni, disapprovazione e rabbia.

- "Sei un traditore" gli urlava dietro Sandro. "Devi essere punito"

Vagò da solo per l'Appia verde indeciso sul dafarsi, osservando i movimenti del resto del gruppo a debita distanza. Iniziò presto una caccia ai suoi danni e quando veniva avvistato lo attaccavano con pietre. Tentarono più volte di catturarlo con delle trappole ma senza successo, così fino a sera, quando Zippo decise di abbandonare l'Appia verde.

Il giorno dopo invece la sua fortuna lo abbandonò. Venne catturato con una scusa e riuscirono ad infliggergli una pena corporale con delle frustate sul culo. Diventò viola dalla rabbia e decise di vendicarsi.

Organizzò un piano per contrattaccare, quello di cui aveva bisogno era di formare una banda rivale dentro i confini d'Appia verde. Il primo che riuscì a convincere naturalmente fu Massimo, diventando insieme dei reietti e degli indesiderati del luogo. I giorni a seguire entravano nell'Appia verde di nascosto, scavalcando i muri di recinzione senza passare dal cancello. Iniziarono a reclutare gente; scegliendo tra quelli insoddisfatti che erano stanchi delle angherie della banda di Sandro. Tirarono dentro anche Sergio e Toni bomba che aderirono immediatamente alla loro causa.

L'Appia verde conobbe così un nuovo e breve periodo di guerra civile, con la fazione di Sandro sempre meno corposa. Tra i rivoltosi militava anche quel Maurizio conosciuto il primo giorno all'entrata dei cancelli dell'Appia verde, il quale si scoprì inventore pazzo; un po' come lo Spennacchiotto dei fumetti di Topolino ed approntò un'artiglieria di bombe di fango e cartapesta molto efficaci. Ci furono scontri corpo a corpo fra le torrette del parco e ben presto quella guerriglia sarebbe volta al termine. La banda di Sandro si era ridotta ai minimi termini: oltre a lui ed Andrea era rimasto soltanto il fedele Massimilano G.

Un pomeriggio sotto una pioggia di bombe alla "Spennacchiotto", con l'aiuto di Sergio e Toni i quali, visti i trascorsi di "bombardieri" dalla terrazza di casa, misero in rotta il nemico che abbandonò definitivamente il campo.
Era la vittoria finale, entrarono vittoriosi sul parco a festeggiare con Zippo a braccetto a Simonetta.

I giorni a seguire, crollato il mito dei Diavoli rossi d'Appia verde, se pur con qualche difficoltà, cercarono di riallacciare i rapporti tra loro. Di certo c'erano state delusioni, tradimenti e amarezze profonde, ma a quell'età certe cose capitano spesso e si dimenticano in fretta, cambiare facilmente bandiera per l'ideale che attira di più è prerogativa degli adolescenti, spesso quando una vera e propria bandiera in realtà non esiste ancora e la voglia di fare insieme ricuce gli animi feriti e dà un colpo di spugna alle coscienze.

Si incrociarono tutt'e quattro (Vito, Massimo, Sandro e Andrea) una mattina all'entrata dell'Appia verde,

Andrea aveva comperato diverse confezioni di soldatini Atlantic, Sandro aveva invece in mano una strana lista di nomi. Con un po' di diffidenza gli fece dare uno sguardo. Era intento ad arruolare persone per un nuovo progetto cui tutti potevamo fargli comodo, questa volta le bande non c'entravano niente: era una lista per una squadra di calcio. La moda delle bande, almeno per il momento era finita, iniziava una nuova era.
Pace fatta.

Storie e personaggi d'Appia verde

Dalla scoperta dell'Appia verde non erano passati che poco più di una dozzina di giorni, ma gli eventi fin ora accaduti parevano dare al tempo un significato diverso. Il ricordo della banda, manco a dirsi, era già un pensiero lontano e come abbiamo detto si voltò subito pagina. La vita scorreva lenta e piacevole al loro fianco e non c'era niente da fare che lasciarla scorrere in armonia.

Ben presto si tornò a scherzare insieme ed a conoscersi un po' meglio di quanto non si era fatto prima. Tornarono sul parco, teatro di battaglie ed asti, a raccontarsi le loro storie. Sandro era in qualche modo il capo stipite del loro piccolo gruppo, aveva visto nascere l'Appia verde e di storie ne poteva raccontare.

Di tutti loro era certamente il primo ad essere arrivato.
- "C'era già una comitiva di ragazzi e ragazze più grandi, e io mi mescolavo a loro che ero il più piccino." Ci raccontava gongolando
Sandro mentre eravamo seduti sui gradoni del parco ad ascoltarlo.
- "Erano i fratelli maggiori, c'era mia sorella, la sorella ed il fratello di Maurizio…giocavamo a pallavolo, ci sfidavamo a tennis, organizzavamo

corpose squadre per delle cacce al tesoro per tutta l'Appia verde…. Ci divertivamo un casino!"

Era il periodo dei grandi fumetti di Zagor e di Tex, sparsi ovunque nelle case di tutti e tutti ne ricalcavano i miti, quasi a girare con una colt al fianco della cintura a fronteggiare situazioni difficili coi modi di dire e di agire degli eroi di quei fumetti. C'era Happy days in televisione e John Travolta & Olivia Newton John in superclassifica show con Grease. Era il periodo apogeo di grandi cantautori come: Finardi, De andrè, Branduardi, Bennato, De gregori e molti altri ad incantare con i loro stornelli i "cuori infranti" dei teenagers e la curiosità degli adolescenti. Si leggevano storie fantastiche d'avventura e d'amore nei mitici periodici a fumetti come Intrepido, Lancio Story e il Monello.

Era il tempo ultimo delle proteste studentesche nelle scuole e nelle piazze, degli scioperi in gran stile e di una certa ideologia che andava a sfumare nel tramonto di quei anni, a fare da cornice ad una generazione in attesa di cambiamenti cui aveva trasportato senza remore anche quella di Gabriella, in attesa di lasciare ai suoi fratelli l'ultima eredità.

Sandro continuava a raccontare dei suoi "fratelli maggiori"
- "Poi alla fine mi sono un po' scocciato e preferivo rimanere in solitario nel parco, fin quando conobbi Massimiliano G. ed altri ragazzi della mia generazione".
- "E poi con Sfascia?"
- "Si, poi è arrivato Andrea.

Eravamo io, Massimiliano e Agostino a giocare sul parco. Sapevo che doveva arrivare una nuova famiglia nel complesso, speravo solo che ci fosse almeno un ragazzo della mia età. Abbiamo visto sollevare le serrande dell'appartamento al terzo piano e dopo un po' lo abbiamo visto 'sta scimmia zompare da una parte all'altra del parco, ha ha ha."

Indicava Andrea col braccio teso sotto l'ilarità generale. Sfascia gli fu subito sopra a percuoterlo di mazzate.
-   "Raccontateci di Maurizio ora!"
Chiese impaziente Massimo. Andrea scuoteva il capo ad incitare le risa di Sandro che raccontava.
-   "Che personaggio!"

-   "Ero a casa di Andrea un pomeriggio, eravamo al balcone del salotto che dà alle spalle al parco, sulla strada dei cappuccini. D'un tratto scorgiamo Maurizio che dava fuoco alle erbacce poste al di là del muretto dell'Appia verde. Come avete visto, là non è costruito niente, ci sono solo erbacce, e quel pazzo gli dà fuoco.

-   Ha, ha! Le fiamme in breve si alzano alte nel cielo e Maurizio, preso dal panico, non trova niente di meglio che fare una precipitosa staffetta dal rubinetto di casa sua (posta una decina di metri più in là) al luogo del misfatto con un bicchiere d'acqua che svuotava ogni volta sulle fiamme fino all'arrivo dei pompieri che fortunatamente non hanno tardato ad arrivare."

-   "Questo è da arruolare a pieni voti nella banda dissi a Sandro!"

Interferì Andrea continuando il racconto con grandi risate generali!
Maurizio era un tipo irrequieto e pieno di vitalità che amava correre e sgroppare libero nelle sterminate "praterie dell'Appia verde" e quando lo si catturava diventava docile e sereno come un Cavallo domato.

Da qui il soprannome che non lo abbandonerà più. Maurizio il Cavallo è stato sempre un ragazzo sincero e schietto. La sua voglia di libertà e di fare è sempre stata tanta, conquisterà per sempre l'amicizia di tutti. Abitava al pianterreno ed aveva una sorellina di poco più piccola di lui che coinvolgeva spesso nella preparazione di alcune sue invenzioni "alla Spennacchiotto". Dal suo piccolo giardinetto che costeggiava il grande parco dell'Appia verde si accingeva a lavorare la carta pesta e la terra, fabbricando figure ed armi. Suoi erano anche due famosi gatti allevati nel suo cortile, Billy e Patatina i quali si vedranno spesso girare vagabondi all'interno dell'Appia verde incrociando i nostri racconti.

Quando i doveri o i compiti di scuola lo costringevano a casa lui evadeva scavalcando la ringhiera che conduceva alla libertà delle "sgroppate" sul parco, contravvenendo alle imprecazioni di una sua zia che viveva con loro e che invano lo richiamava furente in un dialetto incomprensibile. Fu lo scopritore di un sito nell'Appia verde ricco di terra argillosa e facilmente lavorabile da cui modellava delle piccole astronavi che nascondeva in vere e proprie basi costruite con le tavole di legno e che immancabilmente e spietatamente Andrea e compagnia, andavano a distruggere.

Era stato lui a lanciare la moda di modellare delle astronavi in argilla, cosa che prese piede qualche tempo dopo e spesso anche Vito e Massimo tornavano a casa con buste piene di terra argillosa d'Appia verde, per avviare una succursale di costruzioni d'astronavi presso il loro domicilio da mostrare agli altri una volta tornati in luogo.

La persona più prestigiosa all'interno del gruppo rimaneva sempre Sandro, il quale deteneva il primato di popolarità ed anzianità fra tutti i ragazzi d'Appia verde, ora che la vecchia compagnia dei fratelli maggiori andava scomparendo lasciando il campo. Geloso custode di segreti e storie d'Appia verde ben presto fu ribattezzato "nonno Sandro" e nell'immaginario collettivo gli si attribuiva pure una fluente barba bionda come i suoi abbondanti boccoli che gli scendevano dal capo.

A tal riguardo fu concepita un'epica vicenda di successioni da inserire in un contesto mitologico che faceva capo a nonno Sandro capostipite d'Appia verde. Secondo la mitologica ricostruzione storica, nonno Sandro all'alba dei tempi conobbe una donna, Simonetta con la quale flirtò per qualche tempo (cosa realmente avvenuta) e dalla quale ebbe un figlio: Zippaldo Vito Antonio. Essendo degli Dei creati senza il vincolo terreno del tempo e dei gradi di parentela successe che Zippaldo Vito Antonio si sposò successivamente con Simonetta, generando "figlio" Andrea Sfascia sghea, che essendo nato da un rapporto incestuoso, venne fuori irrequieto e distruttivo come la tempesta. Da lui poi derivò tutta la progenie con i vari Massimo, Teresa, Daniela,

Cavallo, Agostino, Tiziano ecc.; dando vita al popolo odierno dell'Appia verde.

La cameretta di Sfascia

Un importante diversivo proposto in alternativa alle gradinate del parco era sicuramente la cameretta di Sfascia. Qui proseguì l'opera di affiatamento ed il consolidamento della loro amicizia.

Tra gli altri partecipavano anche Teresa e Daniela (sorelle di Andrea), Toni e Sergio, Simonetta, e sporadicamente anche Cavallo con la sorella più piccola. La cameretta di Sfascia era abbastanza capiente da poter accogliere chiunque volesse accedervi. Andrea possedeva un libro (il Diro d'Orlando) che racchiudeva molti giochi da fare in comitiva; tra domande, enigmi e rompicapi vari, si passavano pomeriggi in allegria.

Una volta, con l'aiuto di un vecchio magnetofono, eseguirono una registrazione in farsa sulla storia del mondo riveduta e corretta. Si divertirono un mondo ad accingersi a quell'impresa sostituendosi ai personaggi storici reali, e recitandone a braccio le imprese: da Adamo ed Eva fino ai tempi moderni. Nascevano così delle divertenti gag di botta e risposta ed ognuno controbatteva l'altro. Andrea, imitando Mussolini in un discorso dal balcone di palazzo Venezia recitava:
- "Popolo di Roma!"
Lo disturbava nonno Sandro: - "Parapaponziponzipò"

- "Io vi dico…" Continuava il Mussolini Andrea.
- "Parapaponziponzipò" Disturbava l'altro.

"Che Sandro…" Agitazione e incitamento da parte di tutti che avevano
capito dove Andrea voleva arrivare mentre Sandro tentava inutilmente di bloccargli il microfono.
- "E' un coglione!!"
- "Eeeeh!!". Ovazione ed applausi da parte di tutti.

C'era poi un piccolo calciobalilla col quale si sfidavano a duello e diverse altre cose, come soldatini, riviste e quant'altro ad addobbare la cameretta di Sfascia e renderla accogliente ai suoi ospiti.
L'oggetto di culto preferito per animare i pomeriggi in casa Sfascia rimaneva senz'altro il mitico gioco da tavolo: Monopoli! Così tra compravendite, cessioni, imprevisti e contrattazioni, il gioco dava modo di ampliare ancora di più i contatti coi dialoghi. Durante le partite non mancavano i colpi di scena accompagnate da scoppi di risa, insulti e prese in giro per una costante fortuna (il gran culo) o per una incrollabile sfiga che portava quasi sempre a degenerare la partita in risse divertenti. Si mordevano i cartoncini degli imprevisti, si stracciavano contratti e si lanciavano segnalini e dadi per aria tutto sotto la supervisione benevola della Dea bendata che guidava il loro destino come le stelle.

Altro sport esercitato con vigoroso successo in cameretta di casa Sfascia degno di nota, era il campionato di calcio-ramicchia. Le ramicchie erano i tappi di bottiglia e ognuno aveva la propria squadra da esibire e sfidare gli altri in competizioni. Nonno Sandro aveva la "Stella rossa", formata da tappi di bottiglia della S. Pellegrino, Andrea possedeva la "Dreher", nota marca di birra. Vito e Massimo invece erano padroni rispettivamente della "Ignis" e della "Olimpia". A differenza della Dreher e della S. Pellegrino, queste due squadre non erano formate dall'unione di tappi di una specifica bevanda, ma da un insieme promiscuo di marche diverse, accomunate dal fatto di avere incollato sopra il tappo un cartoncino colorato che ne indentificava la squadra (Ignis o Olimpia).

I tappi venivano raccattati anche per strada durante i viaggi verso e da l'Appia verde e, una volta giunti a destinazione, bonificati a dovere con acqua e sapone.
I concorrenti si davano appuntamento in casa Sfascia, dove sul pavimento della cameretta veniva allestito il rettangolo di gioco pronto per elettrizzanti sfide con le regole del subbuteo. L'Ignis era la squadra di ramicchie che perdeva in continuazione, scaturendo le ire del proprietario e le risa degli altri che lo traumatizzavano con esilaranti sfottò. Anche a casa, in competizione fra fratelli, l'Ignis le buscava sempre dall'Olimpia, mandando i nervi di Zippo in frantumi che prendeva a lanciare imprecando tappi di qua e di là, quando qualche tempo prima li aveva trattati con amorevole considerazione coccolandoli e chiamandoli per nome.

La presenza nel gruppo di una rappresentanza femminile (Teresa e Simonetta in primis) comportava il dovere di variare il tema di alcune serate. Sfascia possedeva un vecchio mangiadischi con il quale, spinti dalle donzelle, si lanciavamo in timidi balli. Zippo ne approfittava per stringersi con Simonetta e dargli degli avventati baci dietro il collo. Era il massimo che aveva mai osato con lei, per il resto erano solo passeggiate solitarie lungo i viali d'Appia verde, pizzicotti ed un lungo amore platonico destinato a protrarsi per molto tempo, durante il quale erano frequenti i periodi di stasi in cui si lasciavano.

In uno di quei periodi, Zippo e Sfascia organizzarono uno strano scherzo ai danni di nonno Sandro. Qui venne in aiuto l'esperienza in fatto di lettere e messaggi inviati per posta ai bei tempi del quartetto con Toni, Sergio e Massimo. Sapevano che tra Sandro e Simonetta in precedenza c'era stato del "tenero" e attinsero da questo per organizzare lo scherzo. Imbucarono nella cassetta della posta di Simonetta una lettera carica di profumo e parole dolci; nome del mittente: cuccuruccu Sandro Giacobbe.

Naturalmente fu redatta un'altra lettera con gli stessi toni di profumo e parole dolci della precedente, come se questa fosse in risposta alla prima, nome del destinatario: cuccuruccu Sandro Giacobbe. Gli esiti furono divertenti, da dietro le tendine del salotto di casa Sfascia gli artefici osservarono compiaciuti i due interessati incontrarsi di sotto a metà strada ognuno con la propria lettera di fuoco nella mano; dopo qualche scintilla fra imbarazzi, meraviglia e stupore i due volsero all'unisono lo sguardo verso il terzo piano del salotto di casa Sfascia, facendo capo al bandolo della matassa. Vito e Andrea non si fecero vedere in giro per un po' di tempo. Zippo uscì dall'Appia verde passando dagli scantinati che conducevano ai garage; seppe in seguito che volevano tirargli il collo!

Anche Toni bomba rimase ammaliato dal fascino di Simonetta e questo portò ad una inevitabile competizione. Toni in quel periodo frequentava assiduamente l'Appia verde nel tentativo di ingraziarsi agli occhi di lei; era davvero un rivale pericoloso e certamente più spigliato e più audace di Zippo, in più aveva dei bellissimi occhi blu che colpivano le ragazze. Fortunatamente per il secondo, questa diatriba si risolse in suo favore. Un giorno lei parlandogli in simultaneo pronunciò che era affascinata dagli occhi blu di Toni e dalla sua simpatia ma non le piaceva la corporatura robusta e ballando le pestava i piedi; campo libero per l'altro. Quando quella sera ripresero insieme la via di casa, Toni esternò tutta la sua delusione per l'accaduto e si sfogò confidando al suo amico e rivale in amore il desiderio di diventare un giorno commissario di polizia; invece in seguito diverrà uno stimatissimo odontoiatra. Da quel giorno non si fece vivo per parecchio tempo, fino all'avvento dell'avvio di una squadra di calcio dell'Appia verde, la quale assorbì tutti senza remore.

Intanto, ormai da un po' di tempo era giunto il momento per ognuno di ritornare sui banchi di scuola; chi alle medie e chi agli ultimi anni delle elementari. All'entrata dei cancelli della scuola media Giulio Cesare c'era una sorpresa già preannunciata e concordata in precedenza. Tra i tanti ragazzi che affollavano mesti l'ingresso della scuola ce ne erano due che invece presero ad abbracciarsi come dei vecchi amici ritrovati (nonostante si erano visti l'altro ieri all'Appia verde): nonno Sandro e Vito Zippo.

Era curioso e strano ritrovarsi anche lì, come il destino a frequentare la stessa scuola solo con un anno scolastico di differenza. Questo addolcì di molto la pillola e nonostante adesso la scuola era destinata ad assorbire più tempo altresì dedicato nei campi d'Appia verde, consolava il fatto di avere per lo meno uno stretto contatto fra amici più cari del momento. C'era in qualche modo, un pezzo d'Appia verde anche lì, a conforto nei periodi in cui la nostalgia di quei posti lontani e pieni di sole avrebbe bussato al cuore.

Con gli zingari nel bosco!

Tutte le volte che Zippo rincasava tornando dall'Appia verde, compiva sempre un'operazione, fin dai primi giorni: ascoltare un Long Playing che sua sorella aveva ricevuto in prestito da un suo coetaneo nel giorno del compleanno (che coincideva con la data della scoperta dell'Appia verde). Questo L.P. era RIMINI, di FABRIZIO DE ANDRE'. Quella voce cupa, dolce ed elegante lo aveva profondamente ammaliato e i brani di quelle canzoni, che ascoltava giorno per giorno, parevano raccontare, con una lettura naturalmente personale, gesta e vicende che accadevano all'Appia verde. C'erano dei brani che nominavano persino i cugini Andrea e Teresa e quando adesso era impegnato coi doveri scolastici che lo costringevano a disertare quei cari luoghi, ascoltava ripetutamente quel disco abbandonandosi ai ricordi e alle fantasie che quelle frasi gli facevano tornare alla mente.

I genitori, preoccupati per quello che poteva essere il suo rendimento scolastico, deviato in buona misura dalle facili tentazioni offerte dall'Appia verde, pensarono bene di fargli frequentare un corso di doposcuola da uno zio di secondo grado. Questi dava lezioni in un'abitazione privata in centro città. A frequentarlo, c'erano ragazzi di età ed estrazioni sociali differenti e come lui pativano la perdita della libertà pomeridiana, dedicandola malvolentieri ai compiti di scuola da fare sotto il controllo vigile di un adulto. Zippo guardava spesso fuori dalla finestra la luce del pomeriggio che andava sempre più a scemare nei giorni. Ben presto l'autunno avrebbe cancellato quei lunghi pomeriggi di sole mentre lui era costretto in quella sedia a fare conti di matematica ed imparare le regole sintattiche della grammatica.

Per fortuna in questo posto ci andavano anche dei suoi cugini che rendevano meno pesanti le lezioni dello zio. Con uno di loro in particolare, si incontrava nella corriera che portava in centro città verso il doposcuola. Qui concordavano sentimenti ed umori riguardo la perdita di tempo pomeridiano ed una volta scesi dalla corriera, facevano di tutto per ritardare l'arrivo al doposcuola compiendo larghi giri e attardandosi a vedere le vetrine dei negozi del centro. Con lo zio si inventavano le scuse più disparate: da un malore improvviso dell'autista, alla foratura della ruota della corriera che costringeva i passeggeri a scendere ed a proseguire a piedi e via discorrendo.

Di corriere da prendere sotto casa per andare in centro ne passavano tante, ma ce n'era una in particolare che lui preferiva; era la numero due circolare sinistra. Questa compiendo un giro largo della città passava davanti l'Appia verde, incrociandosi con la due circolare destra che viaggiava in senso opposto. Tutti i pomeriggi si avviava lesto per non perdere quella corriera che passava sotto casa prima delle tre e che gli dava lustro di osservare almeno dal finestrino il luogo della perdizione prima di rinchiudersi nel doposcuola. Ma passargli vicino era un vero supplizio, vedeva dal finestrino scorrere lentamente la fila degli alberi di pino fino ai cancelli d'entrata e cercava di immaginare il parco al di là di questi. Nei pomeriggi in cui arrivava tardi alla fermata prendeva la numero due circolare destra, accontentandosi romanticamente del fatto che questa giungeva da quei luoghi cari portandone un laconico saluto.

Fu un giorno di questi che essendo arrivato in ritardo alla fermata, prese con malinconia la circolare destra, ma arrivato al capolinea, titubò un attimo rimanendo seduto per decidere sul da farsi. Al fine la corriera riprese la sua corsa lasciando il centro cittadino a proseguire verso la periferia.
Durante il viaggio il suo cervello macinava e sceglieva soluzioni possibili da enunciare in serata al ritorno a casa.
Scese con la convinzione di essere stato vinto dal richiamo irresistibile di quel sole che dipingeva d'arancio ogni cosa in quel posto, varcò il cancello dell'Appia verde senza nessun rimpianto.
Giunto nel parco si distese libero su di un'altura a fianco del campo di pallavolo, vedeva i bimbi giocare e l'orizzonte alle spalle ingombro da nuvole e tutto era perfetto e meraviglioso. Di lì a poco sopraggiunse Simonetta meravigliata e felice di rivederlo; passarono tutto il pomeriggio insieme.

Quando tutto questo, più tardi lo seppe sua madre non rimase per niente contenta.
- "Vito, promettermi di non farlo più"
Aveva marinato per la prima volta i doveri di scuola e, sfortunatamente per lei, non fu l'ultima.

Anche questa volta nella sua mente, Fabrizio de Andrè sembrava aver scritto una canzone per l'occasione: Sally.
Sally poteva rappresentare la bellezza e la libertà di quei luoghi, poteva rappresentare gli occhi di Simonetta che aspettava in quel "bosco" dove la madre gli disse di non giocare con gli "zingari".
Altre volte ancora Fabrizio De andrè tornerà menestrello a cantare nel suo cuore. Da quel momento quando ascoltava un suo brano, cercava di paragonare le sue parole unitamente a delle vicende trascorse in Appia verde.
Così come per la CANZONE DELL'AMORE PERDUTO, che incarnava le tormentate vicende amorose con Simonetta o VIA DELLA POVERTA' (rifacimento di Desolation row di Bob Dyland) la quale sembrava riprodurre una cronaca di una partita di Monopoli in casa Sfascia, dove via della povertà era la striscia di campo con vicolo corto e vicolo stretto e nomi, fatti e personaggi decantati dal cantautore, sembravano cascare a pennello (secondo i dettami della sua fantasia) ai partecipanti la partita.

Mia madre mi disse
Non devi giocare
Con gli zingari nel bosco
Ma il bosco era scuro
L'erba era verde
Lì venne Sally
Con un tamburello.

      Fabrizio de Andrè

Una s(g)uadra di calcio molto particolare

Il sabato pomeriggio e la domenica erano giorni particolari. Niente scuola e tutti all'Appia verde. Nel prepararsi a partire da casa per l'Appia verde, Vito e Massimo cantavamo allegri una canzoncina stilata per l'occasione: "partiam partiam, partiam per l'Appia verde…"
Intanto ferveva una nuova moda introdotta dal solito nonno Sandro, il quale stava approntando una squadra di calcio nell'Appia verde. Erano giorni in cui non si parlava altro che di nominativi da inserire nella lista, ruoli da assegnare, e tattiche di gioco. Vito e Massimo avevano già una certa domestichezza con il pallone, già da tempo giocavano a calcio sotto casa con Toni, Sergio e dei ragazzi del vicinato. Per non parlare delle lunghe partite effettuate nell'arco estivo nella spiaggia di S. Anna insieme con nonno Sandro, dove in buona sostanza si conobbero. Anche Sfascia se la cavava abbastanza bene, avendo fatto esperienza nei suoi trascorsi dove prima abitava in quel di Modugno in prov. Di Bari; insomma, chi più chi meno aveva passione e famigliarità con questo gioco.

C'è da dire anche che in quei periodi, a differenza dei tempi moderni era difficile non vedere per le vie ragazzi impegnati in partite di calcio o semplicemente a palleggiare in barba al passaggio delle macchine, dribblando cassonetti della spazzatura e quant'altro si trovava in strada. Ogni quartiere, ogni contrada aveva la sua squadra in cerca di avversari da sfidare, si improvvisavano campi di calcio ovunque: nei parcheggi delle auto, negli spiazzi, su degli sterrati o quando andava bene, in sgangherati campi di calcio comunali o parrocchiali. Nelle partite in strada, come porta era d'uopo l'uso di un paio di grossi sassi, l'aria del portiere invece se non fosse stata disegnata in terra col gesso, sarebbe rimasta a discrezione dei giocatori, i quali al momento opportuno decidevano quando il portiere prendeva la palla "fuori area" o quando c'era da assegnare un rigore. Il centrocampo era stabilito in maniera forfetaria così come il perimetro di gioco di solito delimitato da un marciapiede o un muro. Era pressappoco un calcio di fantasia quello esistito fino a qualche generazione fa, e più che calcio lo si poteva chiamare "pallastrada", termine coniato dallo scrittore Stefano Benni in un suo famoso libro dove ne avrebbe illustrato a caratteri forti il fenomeno.

Avevano raggiunto un numero accettabile per una squadretta di calcio (o pallastrada), Andrea Sfascia Sghea possedeva un leggerissimo pallone di plastica che volava via col vento; quello che realmente gli mancava era un posto dove allenarsi. Sembra strano, ma l'Appia verde nonostante fosse molto ampia era carente di spazi disponibili per la bisogna. Il parco era un immenso intreccio di ostacoli, scalette e muretti e bisognava arrangiarsi come possibile. Dapprima presero per buono il campo di pallavolo, vista la sua conformità rettangolare quasi idonea allo scopo. Si annoiarono quasi subito, anche perché il terreno di gioco era molto duro e quando si cadeva (ed allora si cadeva spesso) ci si grattugiava per bene gomiti e ginocchi. Per trovare un altro spiazzo adeguato provarono a spostarsi sotto ai garage e nonostante la semioscurità e lo spazio lungo ed angusto, vi trovarono ospitalità per un po' di giorni fino a quando, fermi nella decisione di non diventare delle talpe tornarono in superficie alla luce del sole e del problema che li rendeva orfani di un campo di calcio degno di questo nome.

Fu in un tardo pomeriggio a sole quasi totalmente calato che gli arrivò finalmente l'illuminazione dal cielo. Erano loro quattro (Andrea, Vito, Massimo e nonno Sandro) affacciati al balcone della cameretta di Sfascia che dava sul parco. Erano reduci di una festa danzante (un compleanno o una particolare ricorrenza) ed erano vestiti abbastanza eleganti.

Scrutarono in lungo ed in largo il parco immersi nel loro dilemma a fare supposizioni e riposizioni sul caso.
- "Ma porca puttana, con tutto sto parco… neanche un spiazzo senza scalinate e muretti." Recitava Sandro scrutando l'intera struttura mentre Zippo sforzava gli occhi miopi a cercare soluzioni.
- "Potremmo agire stanotte con qualche piccone, Sandro, così spianiamo un po' il campo!"
Sfotteva Andrea.
- "Però guardate a sinistra. Un piccolo spazio c'è"
- "Sì ma è troppo piccolo Sandro, a malapena ci fai metà campo, per i puffi però!" Riprendeva serioso Andrea.

- "Beh, l'altra metà… è quella dove c'è quella sorta di basso anfiteatro all'entrata del parco no?"
Fece notare rispettosamente Massimo. Zippo continuava a sguerciare con gli occhi da una parte a l'altra pensieroso, mentre Sandro se la rideva prendendo a sfottere Massimo per la sua affermazione.
- "Si, e che ci mettiamo a palleggiare sulle scale dell'anfiteatro?"
- "Ma sì! Calcio a ostacoli, no?" Sbottò ad un tratto Vito.
Ci fu una grande sghignazzata unisona, poi piano piano le risate cominciarono a placarsi e cominciarono a considerare seriamente la cosa. Si accorsero che nonostante la sua strana conformità ci si poteva e ci si doveva adeguare, saltando qualche ostacolo procedendo con un po' di fantasia. Cominciarono a studiare bene i dettagli:
- "Una porta la possiamo fare all'entrata del parco e quel muretto basso può essere la traversa."
- "Così bassa la traversa? Ma è alta si e no un metro!", "E beh, che ci vuoi fare!"
- "E quella scalinata di merda a quattro gradini che gira intorno?"
- "Beh, lì facciamo che…"
- "Ma si! Facciamo che se il pallone tocca i gradini è fallo laterale"
- "E se non li tocca?" Osservò scrupolosamente Massimo.
- "Se non li tocca si continua a giocare al di là della scalinata"
- "Si, ma io posso palleggiare sui gradini per non farci cadere la palla sopra?" chiese Andrea.
- "Se sei così bravo, si!" …. "E se no?" Troncava duro Massimo.

- "Se no rotoli sui gradini e ci fai divertire un po'!" Concludeva sferzante Andrea.

Quella scalinata che troncava con un balzo di un metro, compiva un semicerchio sbucando nella metà campo avversaria e terminava con un'appendice di un maledetto muretto (sempre di un metro alto) dello spessore di un decimetro e mezzo che occupava metà del loro ipotetico campo da gioco. Tutto sommato, calcolando scalinata e muretto, avevano quindi a disposizione uno spiazzo di più di una quindicina di metri quadrati.

- "Comunque stanotte torno col piccone e lo abbatto io quel muretto!" Minacciava serioso Sfascia.

La seconda parte del campo era invece libera da ostacoli e terminava con una strana costruzione obliqua alta sempre un metro, dove avevano figurato la seconda porta.

Il progetto piacque a tutti e l'entusiasmo fu tale che neanche cinque minuti dopo erano sul parco col pallone leggero di Sfascia che se ne volava col vento, a provare questo campo da gioco inaugurando così un nuovo modo di giocare a pallone tutto loro.

Nonostante la poca luce rimasta del giorno, si sfrenammo come non mai, in compagnia di qualche altro ragazzino reclutato al momento, in quella prima partita che andava così ad inaugurare una duratura epopea di "calcio ad ostacoli", sporcando e strappando immancabilmente i vestiti nuovi, paghi di entusiasmo a sfoggiare il massimo delle loro capacità acrobatiche e calcistiche.

Adesso che un campo di gioco lo avevano, si concentrarono esclusivamente sulla formazione della squadra. Nonno Sandro era il loro capitano e fra breve, come vedremo, gli verrà cambiato il nome in Sandro Gù. Sandro era sempre intento a farfugliare con la sua solita lista di nomi ai quali allegava l'iniziale del cognome puntato ed il possibile ruolo da coprire nella squadra. Così ad esempio si andava a leggere: Vito S. attacco, Andrea S. difesa, Sandro G. centrocampo e così via. Di partita in partita i ruoli, a secondo delle prestazioni effettuate, mutavano in continuazione tranne che per lui, la cui collocazione immutabile rimaneva sempre: Sandro G. centrocampo. Da qui, a furia di sentire e risentire questo nome, per dare corpo al suono gutturale della sola lettera "G." aggiunsero a questa anche la lettera "U"; così Sandro G. divenne per tutti Sandro Gù, soprannome che manterrà per sempre.

Per completare il quadro, va detto che Sandro Gù aveva anche un piccolo difetto di pronuncia con la lettera "G":
La loro era una s(g)uadra di calcio molto particolare!

Piccole divagazioni fra scuola e pallone

Correva il 1979 ed era già tempo di verifiche scolastiche. Fino ad allora tutti avevano dato molto al gioco e poco allo studio. Si avvicinava inesorabile la fine del primo quadrimestre e con esso i colloqui con gli insegnanti, nuvole minacciose all'orizzonte che non promettevano nulla di buono.

Così mentre Zippo era perduto nelle sue vicende d'amore e i doveri scolastici, in l'Appia Verde Sandro GU andava quasi sempre a trovare Sfascia verso il fine pomeriggio dopo i compiti di scuola. Il parco era deserto nella settimana e i giorni che già dai mesi di fine d'ottobre si accorciavano sempre di più, metteva l'Appia verde in uno stato di letargo.
Sandro GU e Sfascia passavano il tempo a trastullarsi con giochi di società. Il Monopoli, come già si era accennato in precedenza, era il passatempo preferito, soprattutto quando a giocare c'erano anche Teresa e Simonetta. Le partite erano piacevoli e le discussioni non mancavano, si parlava di tutto e di niente. Simonetta ci raccontava dei suoi incontri fortuiti con Zippo, Teresa del suo amichetto che nessun di noi conosceva: un certo "Maurizio", personaggio che avremo modo di descrivere in maniera dettagliata più avanti, quando si tornerà a parlare di s(g)uadra.

Sandro GU e Sfascia ascoltavano le loro disquisizioni ciarliere con un interesse disinvolto.

Nei giorni dove non si giocava a Monopoli per mancanza di pretendenti Sandro GU era solito sfidare Sfascia al gioco degli scacchi, dove lui eccelleva in maniera particolare, visto che era anche iscritto in un club cittadino. Ovviamente a vincere era sempre Gù e Sfascia per concludere la serata in maniera più lieta, lo riscaldava a dovere con una bella scarica di mazzate, lasciandolo ritornare a casa bello caldo caldo.

I giorni passavano quindi amorfi nel torpore dell'autunno. Sfascia prese a frequentare suo nonno materno in centro città. Suo nonno la sera era solito frequentare una delle tipiche cantine brindisine situata in un vicolo stretto nella parte vecchia della città, dove tutto pareva essere rimasto al tempo del medioevo.
Con la scusa di comprare il vino, allettato da lusinghieri inviti provenienti dagli abituali frequentatori della cantina, finiva sempre col restare a giocare a carte con i suoi amici e naturalmente i bicchieri non mancavano mai di girare fra i commensali. Sfascia (! all'epoca!) era completamente astemio, e per quell'età era cosa normale, ma il nonno insisteva affinché assaggiasse un goccino anche lui dicendo:
- "André bevi così metti sangue"
Sfascia pregno di curiosità e audace di temperamento, obbediva alla raccomandazione del nonno senza remore e limitazione alcuna, cosa che ha sempre contraddistinto il suo carattere.

Le storie degli anziani raccontate alla fioca luce di una cantina, sono sempre appassionate e colme di

particolari e Sfascia adorava stare ad ascoltarli, immaginare le scene i luoghi e le situazioni di una vita passata.
Era chiaro che una volta rientrati a casa, il nonno si faceva rimbrottare da nonna Coca e Sfascia doveva a suo modo subire le prediche della madre perché aveva il fiato che impestava di vino.
Sara il suo destino….

Intanto Zippo un po' per sopperire alle esigenze scolastiche, un po' perché preso da altre avventure, si allontanò per un certo periodo dai luoghi dell'Appia verde, tanto che con Gù si vedeva solo nei rari momenti in cui si beccavano durante l'intervallo della merenda alla scuola "Giulio Cesare". E quando ciò accadeva, Zippo aveva sempre scrupolo e cura di togliersi e occultare gli occhiali che fino a poco tempo prima aveva in dosso per seguire le lezioni. Era chiaro che voleva ancora mantenerne il segreto!

Il sabato pomeriggio Vito e Massimo frequentavano i ragazzi del vicinato, preferendoli alle lunghe distanze che li separavano dal parco della cara Appia verde. Nel cortile del palazzo di fianco al loro, ferveva l'opera di reclutamento di ragazzi che tifavano Juventus e ragazzi che tifavano Inter, per la formazione di due squadre di pallone antagoniste e sfidarsi così nei campi limitrofi o in strada in competizioni calcistiche all'ultimo goal.
Vito e Massimo di fervente fede interista vennero così assoldati per questa abbisogna.

Le due formazioni erano anche complete di divise ufficiali, e sia Vito sia Massimo possedevano già delle magliette nero-azzurre e calzoncini neri. Con una comune colletta, i due fratelli riuscirono persino a procurare il danaro occorrente per l'acquisto di un paio di calzini della divisa interista; l'altro paio lo rubarono in cinque minuti di paura, al supermercato vicino casa.

La formazione interista aveva per leader e capitano un robusto e abile portiere di età superiore alla media, mentre quella della Juve era capitanata da un altro "asso" del vicinato imbattibile nei dribbling e negli scatti di nome Mino, che avremo il piacere di conoscere meglio fra qualche anno. Il campo di sfida era un enorme parcheggio situato alle spalle del supermercato "Standa" del quartiere Commenda.

Questo parcheggio era un po' il campo ufficiale di tutte le squadre del rione. Spesso si univano i migliori componenti della Juve e dell'Inter per formare una sorta di squadra "nazionale" dei ragazzi del cortile della palazzina dove Vito e Massimo erano da poco entrati in amicizia. Questa squadra aveva la divisa azzurra (come la nazionale italiana di calcio), si chiamava "Puma" e ingaggiava sfide con ragazzi di altri cortili e rioni i quali anche loro erano ben organizzati in club con tanto di divisa e nome ufficiale della squadra.

Spesso questi match si interrompevano all'improvviso per l'invasione di campo da parte di alcuni ragazzi attaccabrighe i quali, senza pretesti particolari, ingaggiavano zuffe con chi gli capitava a tiro, si impossessavano del pallone e spesso non lo ridavano più indietro.
Questi ragazzi provenivano dal rione S. Angelo, facevano gruppo fra loro e difficilmente si integravano

con il resto dei ragazzi del vicinato coi quali avevano da sempre scarsi rapporti di convivenza. Erano conosciuti col nome di "baracchisti", la cui parola al solo sentirla nominare incuteva panico e terrore, come a dire "pirati" o "turchi" nel quindicesimo secolo. Questa compagnia era formata in prevalenza da ragazzi per bene e/o con qualche ristrettezza economica e una minoranza di ragazzi provenienti da famiglie con situazioni difficili, generale indigenza e piccoli delinquenti, loro malgrado costretti a convivere in situazione di ghetto e difficile integrazione.

Quelli meno facinorosi erano alle volte ben accetti, e con alcuni di loro nascevano solidali rapporti di amicizia. Con quelli più scalmanati invece ogni dialogo era inutile, abituati da sempre alla vita da strada conoscevano solo il dialetto e nessuna diplomazia se non quella del più forte, avvezzi per lo più alle mani e alle parolacce.
Il solo apparire in lontananza di alcuni di loro metteva in allarme un'intera compagnia di ragazzi formata anche da una ventina di elementi che in un veloce cupo e basso passaparola: "i baracchisti! i baracchisti!", abbandonavano il campo senza remore ed in tutta fretta lasciando il pallone al suo destino.
Per i più coraggiosi l'incontro con loro poteva significare due cose:
tornarsene a casa con le ossa rotte e mancanti di qualche effetto personale
oppure stringere amicizia e far scoprire a tutti quanto questi ragazzi fossero di cuore come e forse più di chiunque altro.

A scuola Zippo aveva stretto amicizia con un ragazzo ripetente più grande di lui di nome Lorenzo che

cominciò a frequentare anche fuori le mura scolastiche. Questi viveva con una sua zia nel quartiere Bozzano ed aveva una particolare condizione famigliare che lo vedeva il secondogenito in una famiglia di sei figli (o forse più). Con lui Zippo girovagava per le strade di Brindisi a compiere varie monellate, come fare piccoli furtarelli nei supermercati, devastare proprietà private, sradicare a calci gli specchietti delle automobili in sosta ed altro. Mentendo abilmente sull'età, ma più che altro con il beneplacito del bigliettaio di un cinema di seconda categoria, riuscirono a sgattaiolare dentro nella sala per una proiezione di un film osé.
Di studiare non se ne parlava nemmeno, i nostri discorsi avevano sempre come fine il calcio, le figurine della grande raccolta "panini" o il sesso e l'attenzione verso le ragazzine, argomento che data l'età, si spingevano a scoprire attraverso giornaletti, fantasie ed altro.

In Appia verde intanto Sandro e Sfascia riuscivano a volte a radunare gente per qualche partita di pallone sul parco, oppure organizzavano delle passeggiate in compagnia di Terry e Simonetta, ma principalmente casa Sfascia rimaneva la meta più gettonata dove restavano a giocare con le figurine dei calciatori Panini e altri giochi di società. Un orario che era sempre rispettato come per le messe delle 11:00 in chiesa, era una trasmissione televisiva chiamata "SuperGulp! Fumetti in TV" trasmessa dalla Rai verso le cinque del pomeriggio. Vi erano una serie di fumetti animati che incarnavano gli eroi della loro generazione: da l'uomo ragno ai fantastici quattro, da Mandrake a Tex Willer, da Alan Ford a Nick Carter, nei cui personaggi della serie era presente

"Giumbolo" un goffo e nero figuro che ovviamente venne affiliato alla figura di Sandro Gù.
Sfascia adorava Tex Willer del quale possedeva una notevole collezione di fumetti ma soprattutto era ammaliato da Nick Carter:
- "Mentre su New York calano le prime ombre della sera..."
così iniziavano tutte le avventure dell'investigatore Nick Carter al quale toccherà scoprire, con l'aiuto dei fedeli Patsy (pasticcione e grosso come un armadio) e Ten (il saggio esperto in proverbi), uno dei tanti travestimenti del nemico dei nemici: Stanislao Moulinsky.

Un giorno durante la ricreazione della scuola, Zippo dopo aver cautamente occultato gli occhiali alla vista di Sandro Gù, ricevette da questo un biglietto. Era una lettera preparata ad arte da Sandro ed Andrea, dove si chiedeva a gran voce:
- "Zippo, ma che fine hai fatto? È da parecchio che hai disertato il parco!" Durante le sue ultime apparizioni all'Appia verde aveva lasciato loro in consegna un pallone bianco (di quelli soliti che volano via col vento) trovato sotto casa, forse sfuggito ai baracchisti. La lettera terminava con toni di scherno ed accenti "siculi" minacciando:
- "Se presto non torni a varcare lu cancellu d'Appia verde quellu pallone
 face: pssssssss!!!".
Temendo l'incolumità del pallone e più che altro spinto dalla nostalgia Zippo fece presto ritorno in Appia verde.
Anche Sandro ed Andrea a scuola in quel momento brillavano poco, ed i risultati del primo quadrimestre si rivelarono per tutti abbastanza catastrofici, tanto che i

genitori li indussero a limitare di molto svaghi e tempo libero costringendoli a concentrarsi di più sullo studio.
Che dire.
In quel periodo la "ciucciaggine" era molto in voga! C'era da impegnarsi non poco per sfuggire alle facili tentazioni offerte dal piatto ricco di quell'età, per non fare la fine dei somari come "Pinocchio"!

Prime trasferte calcistiche

La grande s(g)uadra di calcio dell'Appia verde intanto nelle pause del fine settimana dopo l'orario di scuola, faceva giorno per giorno i suoi progressi; si tempravano le membra per contrasti e scontri, si affinavano i dribbling per scatti e velocità e si reclutava gente nuova. In quel periodo le persone estranee che entravano nell'Appia verde erano ben accette, specie se potevano servire alla s(g)uadra; si fecero così nuove amicizie.

Sandro Gù, nella sua continua ricerca in loro di un po' di serietà e sobrietà per innalzare il livello della s(g)uadra verso mete ambiziose, lasciò le redini di capitano-allenatore ad un nuovo figuro che di lì a poco cominciò a frequentarli; un certo Maurizio (da non confondere con Maurizio Cavallo), il quale aveva preso a bazzicare l'Appia verde perché, come abbiamo visto nel precedente paragrafo, aveva un legame affettivo con Terry.

Questo nuovo arrivo mise subito in riga la s(g)uadra e con lui non si scherzava molto. Aveva un carattere serio e deciso ed amava poco il sarcasmo, con lui si impegnarono a dare corpo e struttura alla formazione ed in pochi giorni Maurizio organizzò una sfida di calcio con un'altra squadra per testarne le capacità.

Maurizio conosceva bene il vicinato ed aveva parecchi contatti con ragazzi che frequentavano i campetti di calcio dell'oratorio della chiesa dei Salesiani, diocesi cui non faceva parte l'Appia verde.

Loro in quel tempo, non erano ancora usciti fuori dalle mura de l'Appia verde e le zone limitrofe le conoscevano ben poco. Fu Maurizio a dare il "la" a questa nuova avventura al quale tutti si apprestarono a dare il meglio. Per gli allenamenti, Maurizio scartò subito a priori il parco, il quale lo riteneva poco adatto allo scopo. Tornarono ad allenarsi quindi sotto i garage e sul campo di pallavolo. Dopo aver verificato le capacità abili-motorie di ognuno, alla vigilia di una domenica, che sarebbe stata da battesimo alla loro prima partita di calcio, Maurizio sottopose la sua formazione ideale per la trasferta al campo dei Salesiani: una difesa a tre con Toni bomba centrale e Massimo e Sergio laterali, Andrea e Sandro al centrocampo e non si sa perché, a Vito diede piena fiducia per il ruolo di punta affianco a lui.

Venne il gran giorno del debutto della s(g)uadra. Lasciarono l'Appia verde con passo fiero e baldanzoso, ognuno rappreso nella propria tensione emotiva e presto raggiunsero il campetto all'interno dell'oratorio dei Salesiani.
L'ambiente giocò senz'altro a sfavore, si sentivamo degli estranei a tutti gli effetti. A differenza di Maurizio, loro non conoscevano nessuno là dentro e ovunque girassero lo sguardo avvertivano la mera sensazione di avere occhi curiosi puntati addosso. C'erano anche facce poco raccomandabili in aria di sfottò, tra i quali riconobbero anche ragazzi che avevano avuto a che fare ai tempi della banda. Loro tirarono dritto

cercando di non perdere la concentrazione. Maurizio avendo adocchiato la squadra avversaria, si fece avanti per espletare le ultime formalità dell'incontro; l'Appia verde era rappresentata da sette elementi, i loro avversari invece qualcuno in più. Siccome erano carenti di portiere, dovettero accettare nelle loro file un brutto ceffo che si offrì alla bisogna. Otto contro otto, la partita poteva cominciare. Maurizio si accordò con gli avversari sulla scelta del campo e della palla (per chi doveva battere per primo), mentre l'Appia verde prendeva posizione sul campo in silenzio ognuno a secondo dei ruoli prestabiliti. Inizia il match.

Da principio era tutto un batti e ribatti da un campo all'altro, poi cominciarono i primi problemi. La difesa iniziava a soffrire e ben presto Andrea tornò indietro a dare manforte. Subirono i primi goal senza aver concluso neanche un'azione in attacco. Sandro Gù, rimasto da solo in centrocampo non riusciva a smarcarsi per effettuare dei lanci consistenti in avanti, e l'attacco faceva davvero pena. La fiducia riposta da Maurizio in Vito Zippo si rivelò del tutto fallimentare: non riuscivano a concretizzare un triangolo, né un passaggio buono, per non parlare dei tiri in porta che a fine partita si conteranno sulle dita della mano (di un monco). Vito Zippo ero completamente imbambolato e concentrato al minimo, Andrea dava il meglio di sé e più di qualche volta aveva salvato la porta da goal sicuri. Il resto della difesa faceva acqua dappertutto e Maurizio sempre più incazzato a gridargli contro, specialmente a Vito Zippo che era stata la sua delusione maggiore.

Lui per amor patrio sentiva il richiamo di tornare indietro in difesa ma Maurizio lo fermava sbraitando, ricordandogli il ruolo senza il quale non ci sarebbe stato neanche un minimo filo di speranza per tenere un po' la partita in mano limitandone i danni. Zippo vedeva i suoi compagni in fondo soffrire e chiamarlo e lui rimaneva fisso (e fesso) in attacco in attesa di tempi migliori (magari anche in attesa della fine di quella partita). Quando poi, non si sa bene per quale colpo di culo, la palla varcava il centrocampo, era sempre la solita musica e le papere si sprecavano.

Vito Zippo non capiva bene quello che gli succedeva, sicuramente l'ambiente aveva sortito in maniera negativa e poi gli mancavano le giocate di rimpallo effettuate in allenamento sui campi stretti e ad ostacoli dell'Appia verde, in quel grande campo invece un attaccante doveva muoversi in maniera più ampia, alternare dribbling a veloci scatti in avanti, vedere sempre la posizione dei compagni in attesa di passaggi. In un campo così quello non era per niente il suo ruolo, o almeno aveva bisogno di più esperienza ed i risultati lo confermarono.

Bene o male quella partita terminò e si accodarono mesti con gli altri per bere alla fontanina posta più in là. Avevano tutti il morale sotto le scarpe da tennis ed il brutto ceffo che aveva parato per loro si congedò disprezzandoli pubblicamente vergognandosi per aver preso parte all'incontro nelle loro file. Dopo i primi attimi di silenzio, si fece subito il punto della situazione.
A deludere erano stati, oltre Vito, anche Massimo e Sergio che in difesa non avevano toccato palla, bene Andrea che si era sacrificato su molti palloni a coprire dalla difesa fino al centrocampo, nella media Toni e Sandro con qualche pecca, mentre su Maurizio

nessuno espresse un giudizio. Neanche lui espresse giudizi sostanziali limitandosi a sbuffare e sulla strada del ritorno parlottò con Sandro in merito a dei ritocchi che avrebbe fatto sulla formazione.

Nei giorni a venire tornarono a giocare a pallone sul parco nel loro solito modo contro le volontà di Maurizio che continuava a detestare quel campo improvvisato pieno d'ostacoli, giudicandolo inopportuno a miglioramenti come crescita di squadra; forse aveva anche ragione ma quello era il tipo di calcio "casereccio" che più preferivano al confronto dei suoi progetti un po' più impegnativi e nacquero così i primi dissapori. In quei giorni poi, come detto in precedenza, ci furono dei nuovi arrivi dall'esterno e la s(g)uadra si ingrandì ancora. C'era un tipo, che per la sua capigliatura rossa venne ribattezzato "Pilurussu", il quale si prestava discretamente come portiere, fu accettato subito come titolare al pari di altri suoi due amici che si distinguevano in scatto e agilità.

Si avvicinava la vigilia di un nuovo match in trasferta e Maurizio si apprestò a lavorare su una nuova formazione. Il giorno prima della partita enunciò a tutti la composizione della squadra: Pilurussu in porta, Zippo e Sfascia in difesa accanto a Toni bomba riconfermato come stopper, Sandro centrocampo, Maurizio in attacco e gli altri due ragazzi amici di Pilurussu (dei quali purtroppo non ne ricordano più i nomi) rispettivamente a coprire una fascia di centrocampo accanto a Sandro Gù e una punta d'attacco accanto a lui. Della vecchia formazione, con meraviglia e stupore di tutti, erano rimasti fuori Sergio e Massimo i quali furono accettati come possibili sostituzioni. La meraviglia dell'inizio fece ben presto posto al rancore che si alimentò subito dopo l'inizio della partita, durante la quale si alternarono con delle sostituzioni, a volte senza il parere di Maurizio, per far giocare anche Sergio e Massimo.

I risultati al termine della sfida erano, a parere di tutti, non molto differenti dalla prima partita, tanto che persero lo stesso di parecchie reti, in più nell'aria andava maturando un certo malcontento generale per la dirigenza di Maurizio. Lui invece era entusiasta, affermando che certi miglioramenti dall'inizio c'erano stati, anche se loro continuavano a non vederli e gli rammentava sempre il fatto che, continuando a giocare nel parco finivano con il dimenticare le poche nozioni di calcio che avevano.
Per loro Maurizio invece era quello che si dava tante arie e che in campo concludeva poco e tanto più non passava mai la palla ai compagni.

Ci furono poi altre partite ed altrettante formazioni sempre diverse, ma i risultati non davano frutti, quello che cambiava era il malcontento generale che portava spesso Sandro Gù, vecchio loro consigliere, ad alterchi con Maurizio. Sandro Gù voleva riprendere le redini della s(g)uadra ma tentennava un po' perché Maurizio esercitava ancora un forte carisma nel gruppo e quindi non voleva esporsi più di tanto.

Un giorno però, al culmine di una discussione su degli ulteriori tagli a favore di gente estranea all'Appia verde, interpretando il volere di tutti Sandro decretò che ci sarebbe stato uno scisma nella s(g)uadra. Maurizio non pesò molto le sue parole accettando la

sfida che gli proponeva l'alternativa di un'altra squadra. Di tutta risposta Sandro Gù ribatté:
- "Scommetto che non riuscirai a togliermi neanche un solo giocatore dalla s(g)uadra!"
Morale: Maurizio si andò a formare una squadra tutta sua all'esterno dell'Appia verde e Sandro Gù riebbe uno per uno tutti i pezzi della sua favolosa s(g)uadra.

Tutte le domeniche ed i sabati pomeriggi il parco li attendeva per assistere a favolose partite di calcio ad ostacoli dove tra l'altro era ritornato a tutti il sorriso ed il sarcasmo dei vecchi tempi, quando sotto insulti, sberleffi e lanci di noccioline Sandro Gù ad ognuno di loro ripeteva: "Tu stai in s(g)uadra!!"
Correva l'anno 1979, almeno per il momento la mania di misurarsi con altre squadre in trasferta era passata, e se qualcuno avesse voluto misurarsi con loro sarebbe stato il ben accetto, ma sul parco e alle regole del loro fantastico calcio a ostacoli!

Nuovi elementi in s(g)uadra

Avevano ripreso la loro libertà "calcistica" ed ogni domenica mattina Sandro Gù puntualmente svegliava Vito e Massimo telefonandogli direttamente a casa, annunciandogli che Andrea era già sul parco a scalciare il pallone sul muretto del loro campo insieme a qualche ragazzino e subito loro si precipitavano come da costume, alla volta dell'Appia verde canticchiando la famosa canzone:
-       "Partiam partiam, partiam per l'Appia verde, sotto il rosso sole cocente"

Spesso si trascinavano al seguito anche Sergio e Toni il quale, riprendendo le vecchie abitudini, cautelamene si portava con sé una nocciolina da offrire a Sandro Gù. Sul parco ad attenderli c'erano come sempre Gù e Sfascia in tenuta ginnica attorniati da una serie di ragazzini oriundi d'Appia verde pronti per una nuova sfida mattutina a dirgli sempre:
-       "Finalmente! È questa l'ora di arrivare?".

C'era Pilurussu, rimasto fedele e qualche suo amico ad ingrossare le file. Ogni domenica ne portava uno nuovo e fra questi c'era chi si adattava a quel campo, ritornando la domenica successiva conquistando le loro simpatie, chi dopo qualche giorno non si faceva più vivo e chi invece ritornava contro la loro volontà, avendolo ritenuto in partenza antipatico o sbruffone e certamente non degno della compagnia. Nascevano spesso brevi amicizie solidali o alterchi risolti qualche volta anche a botte, ma alla fine si risolveva quasi sempre tutto e placavano i dissapori in una sana e robusta partita di calcio a ostacoli.

Dopo qualche tempo, accorrendo ai continui richiami di Andrea, cominciarono a frequentare il parco d'Appia verde anche i due suoi cugini Rino e Massimino che già si era parlato nei vecchi campi di battaglia di Casalabate, con i quali legarono subito tutti.
Ormai erano una nutrita schiera di ragazzi e potenzialmente disponevano della facoltà di formare due squadre corpose per le partite di calcio nel parco ai limiti della sua capacità.

A formare le squadre erano quasi sempre Vito Zippo e Gù. Tiravano a sorte e poi uno per volta, sceglievano tra i presenti quelli che avrebbero formato le due rispettive squadre che si sarebbero affrontate di lì a poco. Una volta accordati anche sul campo e sulla palla la partita aveva subito luogo. Questo metodo gli consentiva volta per volta di giocare sempre partite diverse ed elettrizzanti. Quando poi notavano che le squadre erano troppo squilibrate come forza o che si andava ad avere in breve tempo una differenza eccessiva di reti, si decideva di interrompere la partita e di riformare le squadre, sempre col solito sistema della scelta a "tocco".

La formazione di squadre competenti ed equilibrate portava la partita a ritmi di gioco elevati per concentrazione ed antagonismo, nel quale erano soventi gli spettacoli di acrobazie volanti in palleggio a saltare la bassa scalinata a semicerchio che divideva il campo di gioco e sorprendere gli avversari alle spalle, oppure a rovinare violentemente al suolo sulla mattonata allietando tutti, paghi per aver assistito allo spettacolo acrobatico, anche se mal riuscito. Il terreno di gioco era costituito da una solida mattonata rossa liscia e scivolosa, specialmente se bagnata; questo consentiva ai più ardimentosi di effettuare lunghissimi tekel in scivolata che partivano da centrocampo e terminavano sulla palla (ma spesso sulle gambe) di chi stava effettuando un tiro a rete.

Tutto ciò aveva lanciato una moda di usare calzoni e tute da ginnastica rammendate più volte, oltre alla formazione di robusti calli alle ginocchia che si sbucciavano regolarmente.
Adesso Sandro Gù poteva contare su un organico di almeno undici giocatori più eventuali riserve come una vera e propria squadra di calcio.
Questo gli fece nuovamente saltare in testa il pallino di una nuova trasferta. Forte di questa convinzione ricominciò la tiritera della formazione su fogli volanti di carta, di nominativi, ruoli e convocazioni formali quali:
-       "Tu stai in s(g)uadra, tu non stai in s(g)uadra!".

Questa volta era stata sfidata una squadra del quartiere S. Chiara. Si doveva giocare nel loro campo ufficiale che una volta sorgeva ai confini del quartiere non molto distante dalla superstrada e dove ora c'è un grande garage all'aperto. Un grande campo sgangherato pieno di zolle e buche con delle porte di legno malconce che si tenevano su a miracolo.

La formazione stilata da Gù era poco aggressiva e molto difensiva con quattro centrocampisti, quattro difensori e sole due punte. Questi due attaccanti che lui definiva "di ruolo" erano due fratelli che abitavano all'ultimo piano della prima palazzina all'entrata dell'Appia verde e che in verità, in giro si erano visti poco e non avevano mai fatto un solo allenamento con la s(g)uadra. Gù però in loro riponeva la massima fiducia che si può riporre in due fuoriclasse, facendo pensare a tutti ad un'arma segreta!

Ebbene la partita ci fu, i fuoriclasse anche e le palle in rete (parlando naturalmente della loro) pure. Tutto come da copione quindi, senza risparmiare delusione e polemiche. I fuoriclasse di Gù si rivelarono delle vere e proprie pizze, a livello anche molto più basso di Zippo nell'esordio di quella famosa partita ai Salesiani. Per ovviare a ciò naturalmente erano saltati tutti gli schemi della formazione compresi quelli della difesa che abbandonava la zona di competenza per intraprendere inutili e catastrofici tentativi di contropiede.

Tirando le somme però avevano trovato due nuovi amici. Nonostante il catastrofico debutto questi due ragazzi di statura molto alta, si rivelarono veramente simpatici e di cuore, tanto che furono invitati caldamente a frequentare più spesso il parco. Ai due, vista la scarsa familiarità che avevano col pallone, gli furono attribuiti i soprannomi di "Pizza in piedi" e "Pizza seduta". Pizza seduta era più grande di loro di qualche anno e col passare del tempo finì col frequentarli di meno. Con Pizza in piedi invece il sodalizio fu più grande e rimasero molto amici per qualche anno, fino al giorno della sua dipartita

dall'Appia verde e da Brindisi per andare ad abitare in provincia, facendo perdere per sempre le sue tracce.
Con lui l'amicizia andava ben oltre le partite sul parco la domenica; parlavano di ragazze (era stato anche lui una vecchia fiamma di Simonetta e già da tempo voleva conoscere Zippo per affrontarlo visti i trascorsi a fianco di lei), impegnavano il tempo libero insieme a casa di Sfascia sghea come al solito, oppure seduti sotto l'androne del portone di Andrea a leggere giornalini, a discutere su tutto e soprattutto a combinare scherzi. Quello che più andava di moda al momento era di spaventare la gente nascondendosi dietro i posti più impensati, come saltare dalle tettoie dei portoni sui malcapitati di turno.

Un aneddoto divertente che vede coinvolto Pizza in piedi: un giorno si appostò sulla tettoia del portone di Andrea in attesa dell'uscita di Teresa, gli altri avrebbero fatto il palo per avvertirlo qual era il momento giusto per l'agguato. Successe però che al posto di Terry uscirono dal portone due signori; da veri opportunisti gli altri dettero lo stesso il segnale per l'agguato. Lui piombò da sopra davanti ai due malcapitati spalancando le braccia:
 - "YYAAH!".
Questi rimasero a bocca aperta immobili e senza parole, mentre lui fuggiva via imbarazzato, inseguito dai complici bastardi che gli ridevano dietro divertiti.

Un'altra volta invece fu Gù a ripetere l'esperimento questa volta ai danni di Andrea, gli andò anche peggio. Andrea Sfascia sghea con uno scatto di reni riuscì a passare avanti indenne mentre Sandro Gù cadde in terra alle spalle come una pera marcia;

anche qui le risate si sprecarono, nessuno si adoperò più ad organizzare questo tipo scherzo.
Delle volte era Pizza in piedi ad invitarli a casa sua, qui incontravano anche il fratello Pizza seduta ed insieme spulciavano le interminabili collezioni di fumetti assortiti che possedevano. Un giorno ebbero a che fare per la prima volta con un gioco destinato a fare la storia di molte generazioni compresa la loro e del quale avremo modo di parlarne approfonditamente più avanti: mentre erano tutti accampati a leggere fumetti della Marvel, Pizza in piedi entrò nella stanza con una strana scatola colorata e la aprì davanti al loro naso. Rimasero affascinati da tutti quei carri armati in miniatura e dalla mappa che raffigurava politicamente il mondo; il RISIKO!

In quel periodo la domenica spesso la famiglia di Sfascia andava a Casalabate con l'auto di Charlie che faceva fumo dal radiatore e dove si passeggiava in riva al mare sotto il sole primaverile, nell' attesa di tempi migliori dopo le esigenze scolastiche e loro risultati mediocri. Delle volte Terry si portava dietro anche Simonetta per poter disquisire un po' insieme fra una passeggiata e l'altra e delle altre volte era Andrea che invitava Sandro Gù con il quale ragionava un po' sulle ultime partite disputate e sul miglioramento degli effettivi della s(g)uadra.

Pizza in piedi, partita dopo partita, aveva acquisito più sicurezza sul campo da gioco, raggiungendo dei buoni livelli al pari di molti di loro tanto che Sandro Gù lo rimise nuovamente in s(g)uadra per delle nuove trasferte calcistiche.

Con lui provarono l'ebbrezza di vincere per la prima volta contro una squadra esterna, nessuno ricorda chi fossero gli avversari di quella partita ne dove andarono a giocare. Quello che si ricorda della prima partita vinta fu il ritorno glorioso fra le mura dell'Appia verde affianco a Pizza in piedi ed a Toni Bomba a cantare in coro un "Te Deum":
"Appia verde! Appia verde!"
Avevano più fiducia in sé stessi e sulle loro forze!

Fra cocchi e picciricchi

Oltre ai personaggi fin ora descritti, l'Appia verde era un insieme variegato di bimbi più piccoli, adeguati a fare da cornice a tutte le avventure. Il parco era un immenso brulicare di questi pargoli dall'età più disparate; da quelli che muovevano da soli i primi passi incerti sul parco accompagnati da genitori, nonni o fratellini, fino a quelli in età avanzata che già accettavano con loro come Cavallo pazzo, Luigi, Massimiliano, Tiziano, Agostino, i gemelli Vito e Michele e tanti altri ancora. Era davvero una fiumana di ragazzini quella che veniva incontro a Sfascia e compagnia ogni volta che entravano nel parco, talmente tanti da perderne il conto. Sarebbe stata la prolifica generazione d'Appia verde del domani.
I più grandi erano i rettori incontrastati di quei luoghi, sui quali esercitavano insieme carisma, potere e disciplina (a modo loro).

Un giorno Zippo e Sfascia si decisero a fare un censimento generale. A tal proposito si armarono di penna, taccuino e buona volontà e scesero sul parco per questo curioso inventario. Prepararono due liste differenti; nella prima appuntarono i bimbi di età fino ai sette anni che ribattezzarono col nome di "Cocchi" e nell'altra quelli di età fino ai dieci anni che ribattezzarono "Picciricchi".

La seconda trance era quella più corposa e legata alle loro vicende giornaliere. I picciricchi erano ammessi alle partite di pallone sul parco per ingrossare le file nei momenti in cui erano scarsi di numero. Partecipavano anche a varie iniziative dei più grandi (vedi l'ex banda dei Diavoli rossi, giochi con le astronavi di fango, biciclette, acchiapparello, nascondino ecc.).

Dovunque si andasse e qualunque cosa si facesse c'era sempre la loro presenza, come i folletti nelle fiabe. Erano soggetti a soprusi e spesso abbandonavano il campo in lacrime perché, come si sa, i più grandi esercitano sempre sui più piccoli le loro angherie e questo avveniva anche lì in Appia verde. C'era il barbaro rito della "fucilazione" quando un picciricchio giocava male a pallone: lo si metteva di spalle al muretto della porta e gli si tirava contro una pallonata.

Anche loro, attenendosi alle regole create per il calcio a ostacoli (che ben presto divennero ufficiali), organizzavano lunghe partite di pallone sul parco ed al momento dell'arrivo dei più grandi, si cominciava una nuova partita, oppure si attendeva il termine di questa per intraprenderne una tutti insieme.
- "Tiziano, Agostino…chiamate gli altri che giochiamo a pallone!"
Si sentiva spesso urlare tra i viali d'Appia verde per reclutare gente. Agostino era in qualche modo il capo spirituale di tutti i picciricchi e suo fratello Stefano era

un discreto giocatore di pallone che non veniva inserito in s(g)uadra perché troppo "picciricchio".
Il Cavallo invece, era restio alle partite di calcio e preferiva sgroppare sul parco per fatti suoi, concentrato sulle sue invenzioni; era d'uopo ogni tanto catturarlo per cambiargli per "farsa" gli zoccoli; lo afferravano in due, gli alzavano i piedi e gli battevano la suola delle scarpe coi pugni, ad imitazione dei veri stallieri per poi lasciarlo nuovamente libero per delle nuove sgroppate.

I "cocchi" invece tendevano ad evitarli, anche perché vista la loro gracile età, erano facilmente soggetti alle lacrime attirando l'ira funesta dei loro genitori che venivano sul parco a rimproverare i più grandi anche in maniera pesante.
Un giorno Sfascia, durante un agguato ai danni di Sandro Gù, colpì per sbaglio con un sasso la testa di un cocco che cominciò a sanguinare. Andrea in un battibaleno si dileguò tra le frasche, lasciando il povero cocco in lacrime; quando scese il padre di questo trovò sulla scena solo Sandro Gù che confortava il piccolo e non vedendo altre persone si avventò sul povero Sandro percotendolo di botte. Gù a fatica riuscì a fermarlo convincendolo che era stato un "esterno" che se ne era fuggito, coprendo così Andrea.

A volte la giustizia divina rendeva grazia a questi poveri diavoletti. Come già descritto l'Appia Verde era piena di innumerevoli passaggi, cunicoli e nascondigli discretamente dissimulati. Un giorno come tanti altri non avendo niente altro da fare Zippo e Sfascia decisero di dare la caccia ai Picciricchi.

Come loro abitudine incominciarono a cogitare il male fatto stilando un piano ben congegnato. Sfascia che l'Appia Verde la conosceva come le sue tasche propose di attirare i Picciricchi in un oscuro corridoio che aveva scovato nei pressi degli scantinati del secondo portone della palazzina in cui abitava.

Dopo una decina di gradini, questo cunicolo che apparentemente serviva ad accedere alla caldaia, si inoltrava misteriosamente in una serie di svicoli nel buio completo, e dove solo una minima parte era servita da luce elettrica.
- "Bene" disse Sfascia; - "Ho perlustrato il posto con Sandro Gù e siamo riusciti a scoprire dove sbuca fuori questo cunicolo".
Sandro aggiunse;
- "La fine della galleria dà sotto i garage e con Sfascia abbiamo aperto un passaggio".

La parola "abbiamo aperto un passaggio" si traduceva in "abbiamo demolito il muro che divide il cunicolo dai garage" e la cosa non li perturbava per niente, anche se più in là ne sentirono parlare dagli adulti in una riunione condominiale.
- "Bisogna risolvere i problemi di degrado da parte delle persone esterne che affliggono la residenza" Diceva inviperito il capo condomino.

Ma torniamo al fetido lazzo organizzato da Zippo e Sfascia con la complicità di Sandro Gù e Massimo ai danni dei picciricchi.
- "Questo è il piano" si apprestò a proporre Sfascia.
- "Mentre sarò appostato in fondo al tunnel dovete far avanzare i

Picciricchi fino a quando non ci si vedrà un bel niente, poi voi uscite
fuori lasciando la povera marmaglia sola nel buio e nel silenzio. Quando
voi tutti sarete fuori il segnale sarà la filastrocca di Zippo (Picciricchi
attenti un po'…) Così io sbucherò su di loro facendogli venire una
coccia".
(Coccia: termine che indica un enorme spavento).
- "Perfetto" disse Zippo "Ma come facciamo ad attirali nel cunicolo?
Avranno paura soltanto a vederlo!".
- "Vero" disse Sandro Gù "Come si fa?"
Ci fu un istante di riflessione dopo di che Sfascia e Zippo si diedero uno sguardo d'intesa e in simultanea fissarono Sandro Gù, il quale sapeva bene che quando i due terribili cugini trovavano una soluzione anche senza parlare, era lui che pagava i vasi rotti.
- "Quindi" concluse Zippo, "Tu con il tuo viso angelico e i tuoi riccioli biondi persuadi i picciricchi dicendogli che se vogliono fare parte della s(g)uadra e avere degli onori nella banda devono passare una prova di coraggio, per essere più convincente Massimo ti accompagnerà, perché di me e Sfascia non si fideranno mai!!".

Così affinato il piano si misero all'opera. Sfascia si postò in fondo al cunicolo oscuro aspettando il segnale e il resto della banda portava i poveri Picciricchi alla loro triste sorte.
Il buon Dio quel giorno vegliava su quei poveri malcapitati ed il piano orchestrato non funziono come previsto.

Sandro e Massimo sopraggiunsero coi Picciricchi volontari, li fecero entrare nel tunnel ed arrivati nella parte più oscura si dileguarono spegnendo la luce una volta arrivati all'uscita del tunnel. Era il segnale per Zippo che incominciò a intonare filastrocca. Sfascia udendola si lanciò a tutta terzana gridando a squarciagola nel buio cunicolo; si udirono grida, pianti e singhiozzi dei Picciricchi che presi dal panico cercavano l'uscita. All'improvviso durante il fuggi fuggi generale si udii un grande e strano rumore tonfo e metallico seguito da un silenzio totale.

I Picciricchi si placarono un attimo, incuriositi da quell'evento. Sfascia non urlava più.
- "Ma che cazzo succede?" chiedeva Zippo guardando Sandro Gù e
Massimo con aria interrogativa. Dopo qualche minuto, si udirono i picciricchi ridere divertiti, che iniziavano a uscire dal tunnel dicendo
- "Andiamo sul parco, va'!".
- "E che fine ha fatto Andrea Sfascia sghea?" commentò Sandro.
A un tratto Sfascia spuntò dal buio dove poco prima erano usciti i picciricchi divertiti massaggiandosi lentamente un grosso bozzo che gli era spuntato sulla fronte. Zippo capì subito cosa fosse successo e prontamente modifico la filastrocca:
- "Andrea!! Andrea!! Andrea!! Picciricchi attenti a voi..."

La filastrocca era presa pari pari da un varietà di Raimondo Vianello e Sandra Mondaini trasmesso dalla Rai, dove per sigla di chiusura Vianello interpretava uno sbilenco e sfigato Zorro che sbatteva

il capo contro un ramo di un albero "Zorro!! Zorro!! Zorro!!"" recitava la filastrocca in tv.
"Andrea!! Andrea!! Andrea!!" recitavano scompisciandosi loro.

Nel tunnel un tubo traversava da parte a parte il cunicolo proprio ad altezza fronte di Sfascia che nel buio e nella foga dell'azione Sfascia se lo prendeva in piena capoccia, mentre i picciricchi svicolavano via.

I picciricchi erano la vera anima pulsante dell'Appia verde e anzitutto, se non ci fossero stati loro, molte avventure non avrebbero mai avuto luogo.

Operazione F.O.L.P.O.

Seguì un periodo relativamente tranquillo passato a studiare (o far finta di farlo) sui banchi della scuola e sui tavoli di casa. La primavera era alle porte e con essa un evento importante che riaprì un capitolo chiuso in precedenza. Una particolare combinazione aveva fatto pervenire nelle mani di Capitan Sfascia uno strano quaderno recante la calligrafia di Terry, nelle cui pagine erano impressi strani caratteri e parole inneggianti alla famosa perenne guerra contro i Diavoli rossi di Casalabate. Vito e Massimo furono convocati d'urgenza in Appia verde dal loro vecchio Capitano.
Nella camera di Sfascia allestirono un concilio segreto, atto ad interpretare e decifrare quelle parole e quegli strani segni impressi sul quaderno sequestrato da Andrea.

Si accorsero così che i Falchi neri si stavano riorganizzando per riprendere la lotta contro i Diavoli rossi. Sul quaderno erano elencati i nomi di tutte le loro nemiche sotto forma di strani pseudonimi. Avevano cambiato il nome alla loro banda, ribattezzandosi: Angeli blu e parlavano di una fantomatica data in cui sarebbero entrate in azione: l'11 di aprile!

- "Questa data mi dice qualcosa, Andrè! C'è qualcosa di famigliare!"
- "Si, l'ho già sentita anch'io" Confermava Andrea. Seguirono riflessioni
profonde ed indagini.
- "Ma si Vito! Non hai capito? Chi è che scenderà l'undici di aprile a Casalabate?"
- "Zio Ruggero! Ma certo!" Deve scendere giù per Pasqua!"

Lo zio di Genova sarebbe sceso in Puglia per una vacanza di una settimana nella sua villa a Casalabate. Arcano risolto.
Che Teresa si fosse sentita telefonicamente con le cugine Genovesi lo diedero per scontato, tanto che rimasero stupiti di quanto lei fosse così reattiva da organizzarsi già in quella maniera ed aver giocato d'anticipo sui fatti mentre loro, presi da tutt'altro, avevano abbassato di molto la guardia. E quasi si sentivamo inferiori, al pensiero che se capitan Sfascia non avesse scoperto quel quaderno non avrebbero avuto il modo di organizzarsi rimanendo sopraffatti. Seguirono lodi e congratulazioni al loro capitano.

Tornarono d'incanto i tempi di guerra cui in precedenza erano abituati. I giorni a seguire li passarono stilando fogli e nuovi diari da compilare per le esigenze del caso, organizzandosi per bene e convocando anche gli altri cugini di Andrea: Rino e Massimino, che accorsero al loro richiamo e furono informati della cosa. Adesso che la vecchia banda dei Diavoli rossi di Casalabate era stata riformata, dovevano dare un nome a quella operazione che li vedeva ora coinvolti in azioni di spionaggio.

Come succursale fu scelta la casa di Rino, situata nel quartiere Commenda a metà strada fra l'Appia verde e casa di Zippo; questo per poter lavorare al sicuro lontani dagli occhi indiscreti di Terry. Per assicurare la discrezione dei messaggi fu inventato un linguaggio in codice, una sorta di alfabeto cirillico che mantennero e ricordarono nel tempo (anche da adulti). Come sede operativa rimaneva la cameretta di casa Sfascia, spostandosi velocemente quando necessario utilizzando le biciclette.
- "Che nome possiamo dare all'operazione?"
- "La chiameremo in codice: Operazione F.O.L.P.O"

Scelsero quel nome facendo riferimento ad una storia di un vecchio albo di Topolino che li aveva in particolare "flippato.; con tanto di logo recante la figura di una piovra con la mascherina.
Essendo lontani dai luoghi abituali (le dune di Casalabate) e identificandosi come un distaccamento di sezione in quel di Brindisi, decisero di adottare il nome: Diavoli rossi sezione Condor, aprendo così un nuovo dossier sulla banda. L'operazione iniziò ufficialmente il primo di aprile, dieci giorni prima della fatidica data "X".

L'undici di aprile arrivò presto, e con esso lo zio da Genova con a seguito le cuginette rivali. Per l'occasione Vito e Massimo spesero tutti i loro risparmi nell'acquisto di due pistole ad acqua a doppia arma, visto che sulla canna era montato un alloggiamento per sparare anche delle freccette a ventosa.
A Pasqua ci fu a Casalabate la tanto attesa "riunione" di famiglia dove ebbero luogo scontri e battaglie fra

Diavoli rossi e le neo elette Angele blu con fendenti di canna di bambù sulle ginocchia, schizzi d'acqua sulla faccia e colpi di fucile a molla che facevano cilecca. A fine giornata, stremati, malconci ma soprattutto divertiti, gli scontri ebbero termine, rimandando il tutto ovviamente ad agosto per la ripresa delle ostilità.
Questo assaggio pre-estivo piacque un po' a tutti, Andrea era riuscito a farci tornare la vecchia adrenalina di un tempo e si aspettava con ansia l'estate per nuove occasioni.

Riguardando con attenzione quegli episodi a mente fresca, verrebbe da concludere con ogni probabilità e conoscendo il personaggio, che quel tanto dibattuto quaderno di Terry può darsi sia stata solo pura invenzione di Sfascia per mettere un po' di fuoco nelle budella della sua truppa.
Nonostante questo, aveva regalato a tutti ancora momenti vivaci ed una scossa alla loro staticità motoria acquisita in quegli ultimi mesi passati in uggia a studiare.
Sfascia aveva ripreso possesso di quella che era la sua indole naturale di trascinatore di anime e promotore d'avventure che ne faceva un personaggio degno del suo temperamento irrequieto pregno di vitalità. Di questo tutti non possono che essergliene sempre grati.

La truppa del fortino della ferrovia

Al termine di quella pausa festiva Pasquale le cuginette Genovesi ripresero la via di casa ed a tutti rimase il cruccio della "banda" e quaderni da compilare. Le partite di pallone sul parco segnarono un altro breve periodo d'esistenza fino alla fine dell'anno scolastico, quando vennero disertate per un altro tipo di svago: la banda dei "Condor" aveva trovato un alloggiamento degno di poter esser chiamato "fortino"!
La scuola era finita e chi più chi meno era riuscito a farla franca, strappando la promozione coi denti. Zippo e Sfascia erano stati promossi alla terza media, Sandro Gù aveva in mano il diploma di licenza per le scuole superiori, Massimo, Sergio e Teresa avevano invece terminato le scuole elementari. Adesso niente e nessuno poteva impedire loro di frequentare l'Appia verde tutti i giorni, ogni volta che il sole splendeva alto sul parco fino a quando andava a morire ad ovest, dietro i campi coltivati che sorgevano a ponente del complesso.

Capitan Sfascia intanto si era dato da fare nel campo delle esplorazioni. Nelle sue ricerche si era spinto fin oltre i confini edilizi dell'Appia verde a nord-ovest, dove un terrapieno ne segnava il confine con le

ferrovie dello stato. Era sempre stato il suo cruccio fin da quando aveva messo piede in Appia Verde
Sulla sommità di questa collinetta dimorava una vasta vegetazione di piante ed erbacce dall'apparenza impenetrabile. Sfascia, forte della sua perseveranza, era riuscito a trovare fra queste un varco che occludeva l'entrata ad un anfratto vegetale formatasi proprio con l'intrecciarsi delle piante insieme ad un grosso albero.

Il primo giorno utile di vacanza nel quale Vito e Massimo tornarono all'Appia verde in compagnia di Sergio, scorsero Sfascia intento già a bonificare quella zona ed a renderla accogliente ad ospitare persone. Con l'aiuto di alcuni picciricchi aveva sistemato in terra delle tavole in legno e si apprestava ad allargare quell'antro tagliando e sradicando le erbacce che erano di ostacolo al progetto. I nuovi venuti furono ben lieti di offrirgli in aiuto le loro braccia per l'abbisogna. Anche Gù, se pure un po' riluttante, fu reclutato a dare una mano; lui infatti, sempre col pallone sottobraccio, preferiva il vecchio campo di calcio sul parco a quello "sprovveduto" progetto in cima alla collinetta fatto per lo più di pericoli, ferite ed infezioni. Lavorarono sodo per un paio di giorni ed a operazione conclusa venne fuori una cosa abbastanza discreta.

L'ingresso era occluso da una specie di cancelletto ricavato da tronchi e assi, l'interno era ben sistemato con le tavole di legno, le pareti e la volta erano ottenute dal modellamento del fogliame che ricopriva l'intero complesso in fondo al quale risiedeva un vecchio e poderoso albero (dovrebbe essere stato un fico) che offriva ai residenti degli ottimi appoggi su cui sedersi. Il fortino della banda dei Condor adiacente la ferrovia era completo! Vi si accedeva scalando la collinetta attraverso una salita non molto impervia che ricavarono con l'appoderamento del terreno facendosi strada tra piccoli pini e cespugli di erbacce d'ogni genere che crescevano in ogni dove. Sul lato opposto alle spalle dell'Appia verde, dall'alto del fortino si potevano ammirare i lucidi binari delle strade ferrate che scorrevano infiniti sotto di loro. Raggiungerli fu una tentazione che si tramutò, nel volgere di pochi istanti, in una vera e propria sfida da porre in atto.

Il balzo che li divideva da questo sconsiderato quanto allettante pericolo era di quattro-cinque metri d'altezza. Questo però non rappresentava un ostacolo insormontabile in quanto non ci si trovava di fronte ad una situazione di vero strapiombo, ma di una discesa ad inclinazione di sessanta gradi su un terreno abbastanza friabile e ghiaioso.

- "Beh, gente! Sapete che vi dico? Ci vediamo!" Sfascia manco finì la
 frase che già era a cavalcare quella discesa a rotta di collo senza ascoltare nessun parere. Arrivò quasi rotolando ad un metro dai binari. Subito lo emularono Vito, Massimo e Gù.
- "Aspetta Andrè...ma che cazz..."
Ben presto si trovarono tutti e quattro a passeggiare tranquillamente fra i binari, guardando sempre con cura e il cuore in gola a destra ed a sinistra della ferrovia. Procedettero così per qualche metro in esplorazione fino a quando, consci di un pericolo imminente, qualcuno decise saggiamente di riprendere la scalata di ritorno verso il loro fortino.

- "Beh, fottetevi, io torno su" Decretò Massimo invertendo la marcia
seguito a ruota da Sandro Gù.

La cosa non fu così semplice come la discesa, salire era naturalmente più difficile, ma aiutandosi a vicenda riuscirono felicemente con sbucciature e contusioni varie a risalire la cima.

La cosa si ripeté più volte, ed ogni volta che risalivano modellavano sempre più il terreno, ricavando su di esso degli appigli o delle buche che gli permettessero col tempo delle salite e discese meno impegnative e più agevoli. In breve, ormai impegnare quello scivolo nei due sensi era diventato una bazzecola, tanto che si decise di sfidare ancora di più la sorte, prerogativa solita di ragazzi scalmanati di quei tempi vivaci alla loro età.

Dapprincipio l'avvistamento di un treno in lontananza faceva sobbalzare il cuore a tutti spingendoli ad impegnare immediatamente la salita, poi i tempi d'attesa dei convogli si strinsero così tanto da sfidare quanto si riusciva a resistere in quella condizione di paura, prima di lasciare il campo al fragore feroce del passaggio del locomotore con i vari vagoni, o addirittura riuscire a vedere ed indovinare su quale dei tre binari esso fosse passato. La cosa prese pericolosamente subito piede, ed in quella ci fu un'invenzione che dava persino un premio agli spericolati avventori che più di tutti si attardavano a risalire al sicuro. Sperimentarono quello che avevano sentito (specialmente da Andrea) in merito a collocare sui binari dei lunghi chiodi che il passaggio del treno, avrebbe reso piatti ed affilati come graziosi coltellini!

In breve, si scatenò una caccia selvaggia a chiodi di ogni genere e lunghezza che i cantieri ancora aperti nell'Appia verde fornivano in abbondanza e tanto più erano nuovi e lunghi tanto più venivano fuori dei coltellini luccicanti e pregiati. Non c'era altro quindi che raffinarli e fornire loro un manico di fil di ferro arrotolato ad arte intorno alla base.

Tendevano l'orecchio in silenzio ad ascoltare se c'era del rumore e poi.
- "Ok, ora!!" e urlando invadevano a massa i binari guardandosi con
cautela le spalle da una parte all'altra; attendevano con impazienza l'apparire in lontananza di un puntino nero sui binari luccicanti che si faceva minacciosamente sempre più grande.
- "Io lo piazzo qui il chiodo, sul binario centrale, anzi, ne metto due qui ed uno sul primo!".

Ognuno sistemava i propri chiodi sul binario scelto a secondo delle proprie supposizioni, col metodo della roulette russa. I più spericolati (come Sfascia), attendevano sino all'ultimo istante per essere veramente sicuri su quale dei tre binari il treno fosse passato, poi in gran fretta e con quattro balzi si risaliva sul fortino in attesa del lieto evento.

Una volta passato il convoglio si precipitavano tutti giù in grida di gioia a vedere i risultati ottenuti da quella pressa in movimento sui propri chiodi. Quelli che avevano indovinato il binario giusto, passavano così alla fase di raccolta della manifattura ancora calda e fumante che il treno aveva sparso nelle vicinanze. Ben presto ognuno aveva la propria collezione personale di coltellini da poter sfoggiare con soddisfazione agli altri. Questo "sport" prese pericolosamente piede, pure fra le file dei picciricchi più intraprendenti che cominciarono ben presto ad emularli.

Quando l'attesa dei convogli diventava lunga, avevano preso abitudine di esplorare i terreni adiacenti, i quali si scoprirono ricchi campi coltivati a verdura e invitanti frutteti.

La banda dei Condor si trasformò in breve in una truppaglia di filibustieri dediti più che altro al saccheggio sconsiderato dei campi e degli orti confinanti l'Appia verde ed al di là della ferrovia. Si tornava a casa con sporte piene di frutta assortita, primizie, finocchi saporiti ed ortaggi vari che si aiutavano ad estrarre dalle piante coi loro coltellini, oppure si consumavano al momento alla "crudele" e con soddisfazione sul parco o nel fortino. Si continuò di questo passo per un bel po' di tempo, fino a quando gli agricoltori reagirono organizzando appostamenti con fucili caricati a sale.

Una volta Sandro Gù salvò un cocco che era rimasto sui binari seguendo dei picciricchi che erano scesi per sistemare i chiodi e non riusciva più risalire. Il fatto destò indignazione fra i più grandi della compagnia, i quali essendo anche i promotori di questo gioco pericoloso, sentirono il peso delle responsabilità che potevano derivare da un possibile incidente e fortunatamente decisero di darsi tutti una calmata.

L'episodio che fece dare un taglio a tutto e costringerli ad abbandonare definitivamente il fortino della ferrovia, fu quando si sparse la notizia che anche la polizia ferroviaria si era allertata spinta dai macchinisti che continuavano ad avvistare ragazzini in quel tratto di ferrovia. Inoltre, siccome la cosa aveva preso piede fin fuori i confini dell'Appia verde, alcuni ragazzi esterni con i quali avevano avuto dei contatti in precedenza per delle partite di calcio sul parco, avevano preso a sassate dei convogli ferroviari in transito ed era scattata una denuncia ad ignoti da parte delle ferrovie dello stato. Transitare in quei luoghi era quindi diventato molto pericoloso e poco salutare.

Tornarono di gran fretta alle loro vecchie partite sul parco ed alle cadute ad inseguire la palla e le gambe ad emaciarsi i ginocchi ed a squartare tute da ginnastica e pantaloni fin quando arrivò il tempo della villeggiatura.

Sul vecchio fortino intanto le erbacce occuparono presto il posto vuoto lasciato dai Condor, coprendo quello che era stato il loro pavimento di assi di legno, gli operai delle ferrovie dello stato fecero il resto costruendo un solido muro in cima alla collinetta da contrapporsi per sempre tra la ferrovia ed i pini selvatici che crebbero indisturbati.

Estate 1979

Era ormai tempo di bagni e di mare, e chi più chi meno era andato in villeggiatura, lasciando il parco, i viali ed il resto dell'Appia verde a coprirsi di polvere e foglie.

Sfascia si era ritirato con la famiglia in quel di Casalabate, ad attendere ed organizzare la guerra contro le cuginette, alla ricerca di canne di bambolo e di qualche nuova casa in costruzione da adibire a nuovo fortino per la banda dei Diavoli rossi.

Sandro Gù invece era andato coi suoi sulla costa meridionale leccese, dalle parti S. Maria di Leuca a trascorrere il periodo estivo.

Vito e Massimo ripresero a frequentare le strade sotto casa, scarrozzando di qua e di là con le biciclette in compagnia dei ragazzi del vicinato.

Per un periodo di luglio Zippo fu ospite di uno zio nella casa in campagna vicino Brindisi. Passava le giornate in compagnia dei cugini, andando al mare la mattina dietro le loro motociclette ed il pomeriggio in campagna a giocare a pallacanestro o ad imparare qualche mossa di karatè dal più grande di loro.

Dei lunghi e pieni periodi trascorsi passati in Appia verde gli rimaneva un dolce grande ricordo, che spesso lo portava a raccontarne con fervore le gesta ai cugini con qualche filo di nostalgia, i quali lo ascoltavano con curiosità. Una mattina, approfittando del fatto che la tramontana sconsigliava vivamente di frequentare le coste brindisine per un bagno, propose ad uno di loro di fare un giro diverso con la moto.

- "Perché non andiamo dalle parti dell'Appia verde? Così ti faccio vedere quei posti e quella gente di cui ti avevo parlato".

La cosa si rivelò ben presto una delusione. Quei luoghi baciati dal sole freddo della tramontana tanto cari alla sua anima erano, al momento desolati e malinconici. Dei personaggi le cui gesta avevano riempito i suoi racconti nei pomeriggi in campagna coi cugini, non ce n'era nemmeno l'ombra, se non la presenza di Billy e Patatina (i famosi gatti di Cavallo) che gironzolavano tranquilli tra il vento e la polvere.
- "Ma che è 'sta roba!" Continuava a ripetere il cugino deluso da ciò che

vedeva, mentre il cuore di Zippo si dipingeva di nero. Le ruote del motorino andavano ad alzare a gran velocità cumuli di foglie ed aghi di pino, ammucchiate lì in gran fretta dal vento che scuoteva i rami degli alberi, dove tempo prima erano stati testimoni delle numerose avventure in quei luoghi; delle passeggiate sui vialetti con Simonetta attorniati da nugoli di picciricchi come folletti, dei pomeriggi spensierati a raccontare storie, delle corse verso il parco, col pallone sottobraccio, delle grandi adunate, delle tensioni con i forestieri e delle fughe precipitose verso i garage. Di tutto questo non era rimasto niente. Pareva essersi dissolto tutto nel nulla lasciando il campo ai ricordi di un anno intero trascorso nel migliore dei modi.

Tornarono così in campagna reduci di una passeggiata desolante, ad occuparsi di tiri a canestro e colpi di karatè. A letto quella sera naturalmente i pensieri di Zippo correvano più veloci del vento, trasportavano l'anima penosa a vagare per quei viali percorsi al mattino, ormai bui e raffreddati al vento di quella tramontana.
- "Ma che è successo!" Pensava con rammarico. "Ma è proprio finita? Come può finire così. Devo voltare pagina? No, non voglio!".

La verità era che aveva constatato ed imparato una legge che sempre regolerà il ritmo della vita dell'Appia verde:

la presenza di tanto in tanto di periodi morti a rendita di nuovi periodi fiorenti.

La vita ritornerà in quei luoghi a splendere di nuovo, con nuove storie e colori e luce come una fenice che risorge dalle ceneri di quella solitudine che aveva veduto quella mattina di vento. Era solo il primo anno di quella fantastica avventura e periodi di luce e di ombra, per lui come per gli altri ce ne saranno tanti, e ancora tanti, ma ancora non lo sapeva.

Al contrario di Zippo, Sfascia non pativa molto la mestizia per la lontananza da quei luoghi, anche se il suo cuore rimaneva sempre legato all'Appia verde lì a Casalabate aveva un gran daffare. Aveva spesso come ospiti i suoi cugini Rino, massimo e il più piccolo Gianluca.

In quel periodo altre villette spuntarono dal suolo e con loro altri ragazzi e ragazze con cui strinsero presto amicizia: Arianna, sua sorella Alessandra ed il fratellino Alessio, i quali gli presentarono Elisabetta, un'altra vicina di casa.

Le giornate del piccolo gruppo erano ritmate dal mare; si andava in spiaggia la mattina dove si giocava generalmente a palla volo e si sguazzava nel mare. A volte i ragazzi si alzavano all'alba per andare a pesca di ricci equipaggiati di pinne, maschere e coltello per poi ritrovare le ragazze in spiaggia. All'alba Casalabate era un luogo fantastico, il cielo azzurro si confondeva con il mare che essendo così calmo e pacato sembrava di vedere un laghetto.

Nel primo pomeriggio quando il sole era veramente cocente si restava a casa di uno o dell'altro a giocare a carte aspettando il calare del sole per riprendere le solite battaglie fra bande, dopo di che via, al mare a farsi un bel bagno. La sera si rivedevano dopo cena per delle passeggiate in spiaggia o nei vicoli circostanti.

I tempi stavano cambiando e l'adolescenza puntava ormai il suo naso bussando alle porte dell'infanzia spensierata che si spegneva a poco a poco ed in silenzio.

Ma tutto sommato l'estate di Sfascia era piena d'avventure e di svaghi, tali e tanti da non starci a pensare, almeno per il momento.

Tra diavoli rossi e angeli blu

Per tutto il mese di agosto Zippo si trasferì con la famiglia nelle campagne di Ostuni in contrada Salinola, dove papà Totò aveva affittato un villino. In quella contrada avevano dimora diversi amici di famiglia, che davano vita ad una armoniosa e corposa comitiva di persone.

Si organizzavano spesso festicciole e ricevimenti danzanti, allietando le fresche serate di campagna con balli, racconti spassosi e chiacchiere; qui Vito e Massimo ebbero occasione di stringere amicizia con ragazzi e ragazze della loro età. Con quelli più affiatati erano soliti scorrazzare mattina e pomeriggio con le bici, fra le contrade di campagna.

Gabriella invece era sofferente del distacco dai suoi amici che di solito frequentava a Brindisi; lì in campagna aveva pochissime amicizie della sua età, l'ambiente le dava noia e non si sentiva a suo agio. Essendo in pieno periodo di crisi adolescenziale era di carattere ribelle e spesso in contrasto con la famiglia. Seguendo la corrente della sua generazione più sediziosa, si era trasformata in una sorta di cultrice estremista di quello che era il panorama esistente nella sinistra giovanile e nella cultura hippy.

Si sentiva ingabbiata in una famiglia piccolo-borghese ad estrazione maschilista, era affascinata dal movimento operaio e proletario che in quell'epoca infiammava i cortei e le piazze al grido di rivolta. Amava il blues, il rock ed il country statunitense, sognava di fare la camionista per le strade della California. Delle volte in campagna venivano a trovarla da Brindisi alcuni suoi amici in vespa, con i quali spariva tutto il giorno rientrando in villa la notte tardi facendo impensierire la madre e il padre, i quali pur di non contrariarla, lasciavano correre.

Per quel che riguardava i suoi fratelli invece i giorni passavano lieti e sereni e non si aveva preoccupazione alcuna.

Una sera, con gran sorpresa di tutti, ebbero la visita dei parenti di Genova alloggiati a Casalabate accompagnati dalla famiglia di Sfascia al gran completo. Fu per loro un tripudio accogliere capitan Sfascia e si appartarono con lui immediatamente per ascoltare i suoi racconti dal "fronte".

- "Allora Sfascia, come vanno le cose?"
- "Ah! Tutto a posto a Casalabate!"
- "E gli Angeli blu? Dato rogne? Qualche battaglia da raccontare?"
- "Tutto sotto controllo! Pensa che ho avuto spesso ospiti Rino e Massimino, quindi mazzate di morte a tutta forza. Abbiamo conquistato una postazione dietro l'altra. Adesso abbiamo un quartier generale che è uno spettacolo!"
- "E il vecchio fortino dell'anno scorso?"
- "Ah, lì hanno ripreso a costruire e non c'è stato niente da fare. Ma questa nuova casa….

Grandissima, non hanno neanche finito di costruirla! E volete sapere una cosa?"
- "Cosa!"
- "Praticamente glielo abbiamo sottratto con Rino alle ragazze dopo un attacco a sorpresa!".
- "Grandeee. Forza Diavoli rossi! Abbasso Angeli blu! E non hanno tentato di riprenderlo?"
- "E si, hanno tentato, hanno tentato" Ridacchiava sarcasticamente
capitan Sfascia mimando il gesto delle mazzate con la mano.
- "Si vabbè…. giovani, ma voi quando venite in quei lidi a dare manforte? Quando tutto è finito?"

Seguirono giorni di sprono verso i genitori affinché si convincessero a ricambiare la visita di cortesia. Ciò avvenne, se pur con un po' di ritardo, il 22 di agosto. Massimo e Vito salirono in macchina trepidanti ed ansiosi, tanto che il viaggio gli sembrò veramente breve, portando a cautela con loro qualche mazza e le vecchie pistole a molla che facevano cilecca. Sbarcarono sui lidi di Casalabate sotto un caldo sole pomeridiano e si apprestarono a salutare in tutta fretta i parenti. Con gran curiosità si accorsero presto che nelle due ville confinanti non c'era alcun pargolo, chiesero presto spiegazioni agli zii e questi li indirizzarono verso la spiaggia. Si cambiarono in tutta fretta nella cameretta di Andrea rimanendo solo in costume da bagno, magliettina e ciabatte e corsero fuori dal cancello verso la direzione indicatagli.

Scorsero capitan Sfascia aggirarsi solitario e afflitto tra le dune e i canneti, gli andarono subito incontro sbraitando e agitando la braccia.

- "Sfasciaaa! Capitan Sfascia siamo arrivati finalmente, eccoci!!"

A Sfascia tornò il sorriso e dopo i primi festosi convenevoli, il capitano fece subito il punto della situazione:
- "Rino è tornato a Brindisi ormai da più di una settimana e sono rimasto solo a fronteggiare l'ira delle cuginette alla riscossa capeggiate da Teresa inferocita, hanno persino ingaggiato due ragazzine del vicinato: Arianna ed Elisabetta, che hanno aderito alla loro causa. Io invece sono riuscito a reclutare soltanto un ragazzino di nome Alessio, fratello minore di questa Arianna"
- "E allora Andrè? Che è successo?"
- "Ci attaccavano praticamente in continuazione. Con Alessio abbiamo difeso con le unghie il quartier generale della banda."
- "Maledette Angeli blu!" Storcevano il muso Vito e Massimo.
- "Sono stati giorni difficili, ero costretto ad essere spesso braccato e cacciato dalle femministe in ogni luogo. Sabato scorso poi subimmo un violento attacco al fortino, dove con Alessio ci difendemmo fino all'estremo, erano riuscite ad entrare persino nel perimetro della casa in costruzione, costringendomi a saltare fuori dalla finestra finendo con un piede sui cocci di vetro di una bottiglia rotta!"
Gli mostrò poi la ferita sotto la pianta del piede.
Rimasero sconcertati per un po', alfine si misero subito al lavoro per affinare un piano d'attacco.
- "Non ti preoccupare Andrè, adesso ci siamo anche noi!".

Presero a pattugliare in fila indiana, quando qualche duna più in là scorsero passeggiare spensierate e tranquille proprio le loro nemiche. Lasciarono le parole prontamente per passare ai fatti. Su di loro arrivò presto una pioggia di bombe di sabbia bagnata che le sorprese all'improvviso. Alcune di loro cercavano scampo tra le dune per prepararsi al contrattacco. Altre fecero ritorno verso casa in lacrime. Quando poi ci videro caricare, lasciarono tutte il campo di battaglia, tranne Teresa che ingaggiò col fratello un corpo a corpo; finì quasi immediatamente con la faccia nella sabbia.

Assaporarono insieme il breve gusto della vittoria che ben presto si trasformò amara. Quelle erano tornate alla riscossa, ahimè non da sole! A precederle era lo zio di Genova alquanto furente ed in vena di dare a tutti un po' di lezioni in fatto di gioco tranquillo: questa volta fu Andrea a finire con la faccia nella rena ed agli altri due toccò invece ricevere sulla schiena palle di sabbia. Furono ammoniti tutti duramente a comportarsi meglio ed avere più rispetto gli uni con le altre. Terminata la lezione, ogni gruppo prese strade diverse, ognuno a meditare sull'accaduto.

Fecero un lungo giro prima di tornare alle ville dove, tra l'altro, li attendeva ancora una brutta notizia: Daniela, la più piccola di casa Sfascia, aveva da poco fatto una macabra scoperta. Sul terreno ghiaioso che conduceva verso la strada per il centro del paese, giaceva inerte col musetto intriso nel sangue, la carcassa di "Cetto", il gatto di famiglia. Così l'aria da tesa che era si trasformò in funerea. A quanto pare il loro arrivo a Casalabate non aveva portato tanto bene!

Terminarono la serata in una grande cena collettiva tra parenti dove tutti, chi più chi meno, cercavano di sdrammatizzare sugli avvenimenti accaduti. Quello almeno fu un momento felice della giornata dove, fra uno sguardo in cagnesco fra i ragazzi ed una battuta spensierata, ognuno ritrovò il sorriso sulla bocca perso da qualche parte tra le dune di Casalabate.

Della morte di Cetto a rimanerne male fu anche Andrea, il quale lo reputava a tutti gli effetti un compagno di banda ed al quale gli onorò una specie di funerale militare. La bestia fu seppellita nel cortiletto interno della sua villa. Andrea non si scorderà più di quella data ed ogni anniversario onorerà le sue ossa con un pensiero.

Il lunedì successivo tornò come ospite il cugino Rino che riequilibrò le sorti delle bande; con lui ritrovò lo spirito per altre battaglie, chiudendo per sempre l'epopea della lotta fra Diavoli rossi ed Angeli blu, lì tra le dune di Casalabate. L'estate 1979 volgeva al termine, si tornava tutti all'Appia verde, nuove avventure erano dietro l'angolo pronte per essere vissute.

Ritorno all'appia verde

Settembre era il mese preferito di Andrea, anche perché era il mese del suo compleanno. Vito e Massimo invece, il due settembre festeggiavano un anno dalla scoperta dell'Appia verde e non c'era di meglio che riprendere il pellegrinaggio verso quei luoghi santi in compagnia di Toni bomba e Sergio. Lì ritrovarono tutta la truppa e ripresero le vecchie abitudini. Toni portò a Sandro Gù una bella nocciolina, il quale gliela tirò subito dietro con rassegnata spensieratezza. Il parco tornò a ripopolarsi di picciricchi e con loro ripresero sfrenatamente a giocare a calcio a ostacoli. Tornarono Rino e Massimino; Pizza in piedi e, a breve comparse, Pizza seduta; tornò il Cavallo a sgroppare per le praterie e Simonetta in compagnia di Terry a ravvivare il paesaggio; tornò Pilurussu ed altri ragazzi esterni a movimentare le giornate, insomma non mancava nessuno.

Con questa carrellata di rientri purtroppo era anche tornato il tempo di scuola!

Tornarono così a dividere il loro tempo tra fugaci scappatelle pomeridiane sul parco dell'Appia verde e periodi intensi di studio da sacrificare sui banchi scolastici e sui compiti a casa.

Come svago preferito tra una pausa e un'altra dai compiti scolastici, andava molto in voga vedere qualche programma televisivo pomeridiano per ragazzi, che proponevano cartoni animati Giapponesi sulle prime reti televisive libere che in quel periodo cominciavano a crescere. Dopo il successo di Goldrake dell'anno prima trasmesso in Rai, nascevano adesso nuovi eroi: c'era una prima versione di Mazinga "Z", c'era Jeeg robot d'acciaio, Vanguard, Teka-man ed altre similitudini che con le loro infinite "telenovelas" li tenevano impegnati ogni giorno sullo schermo ad orari ben stabiliti. Tra l'altro papà Totò aveva acquistato da qualche mese il primo TV color, sul quale si incollarono presto tutti come mosche sulla cacca.

Le giornate cominciarono presto ad accorciarsi e nondimeno Vito e Massimo ritagliavano spazi settimanali sempre più esigui da dedicare all'Appia verde. Per accorciare i tempi ci andavano in bicicletta. A quell'epoca possedevano diversi velocipedi, ma quella che preferivano per i loro spostamenti in quel dell'Appia verde era una piccola vecchia bicicletta di marca "Dino" che affettuosamente le avevano affibbiato il nome di "carriol-man". Ci montavano in groppa in due; uno in pedi dietro il sedile passeggero in ferro e l'altro davanti a pedalare, dandosi il cambio di volta in volta all'andata ed al ritorno. Il "carriol-man" era una bici abbastanza leggera, tanto che chi a turno la guidava trasportando l'altro dietro, spinto più che altro dalla foga di arrivare, asseriva di pedalare senza forza; quasi come se era il "carriol-man" a portarli lei in Appia verde, conoscendo come la strada a memoria.

In Appia verde prese piede, per un breve periodo di tempo, la moda del tennis, quindi ognuno si portava dietro da casa la racchetta. Per accedere ai campi situati ad ovest del parco, si doveva richiedere la chiave del cancello ai capi condomini. Alcune volte il cancello rimaneva aperto, altre volte si scavalcava la rete per accedere ai due campi disponibili.

Qui organizzavano dei piccoli tornei fra di loro, giocando fino a sera tarda. La cosa scocciò tutti molto presto ed abbandonarono questo sport per tornare a giocare a pallone sul parco alla loro maniera.

Andrea invece aveva altri progetti in mente. La passione per la truppa non lo aveva abbandonato ed un pomeriggio, lungo i confini dell'Appia verde con dei compagni di scuola si avventurò alla ricerca di un luogo ideale per fare delle sfide di agilità. Quello che aveva trovato era una lunga batteria di rottami in disuso e pezzi di gru smantellata che erano serviti alla costruzione dell'Appia verde che ora giacevano inerti lungo il perimetro della strada abbandonata, a ridosso del terrapieno di confine con la ferrovia, proprio poco distante dal vecchio fortino dei Condor. Sfascia non si fece scappare l'occasione anche perché, agilissimo e pregno nello spirito di un permanente quanto perpetuo sprezzo del pericolo e incoscienza, niente gli faceva paura anche se si spezzava le ossa a quattro. Vedere tutto quel ben di Dio in giacenza, già gli faceva prudere le mani (e le ossa).

Si parlava di altezze comparate a un primo piano di un palazzo, e stretti muretti dove correre a tutta velocità, insomma meglio che delle scimmie in libertà assoluta.

I doveri scolastici quindi passarono al quinto grado in ordine d'importanza. Ciò che contava adesso era di dimostrare ai suoi compagni di classe che la truppaglia dell'Appia Verde era un condensato di individui agili e coraggiosi, ma come fare per trascinare la truppa in questo nuovo calvario ancora non ci aveva pensato.

Così decise che l'unica soluzione era di restaurare l'ideologia della banda.

Il primo pomeriggio utile che riuscì ad accumulare la truppa mostrò quanto aveva constatato, poi svelò a tutti i suoi programmi in merito.

Gli allenamenti della truppa

Quello sventato di Andrea aveva trovato un nuovo diversivo per allietare i pomeriggi invernali del nuovo anno che era appena nato.

Li portò tutti a far visita a dei vecchi ruderi di una gru in disuso alloggiati fuori dei confini a nord dell'Appia verde. Questi, diceva, offrivano un interessante argomento di preparazione atletica e prova di coraggio per la truppa.

Ripiombarono quindi nell'era della truppa del fortino, dove c'era un unico capo (Sfascia) che dettava legge, un vicecapo (Zippo) ed una truppa variegata, disordinata e turbolenta (tutto il seguito possibile reclutabile). In queste nuove avventure a seguirli fu pure Sandro Gù, col suo fedele pallone color ocra sempre sotto il braccio.

Passavano la maggior parte del tempo ad allenarsi su di quei ruderi posti in fila al di là del marciapiede di quella strada abbandonata. C'era un preciso percorso da seguire preparato da Andrea che partiva dalla base di un grosso ed alto tronco di gru e terminava, saltando di pezzo in pezzo senza mai toccare terra, un centinaio di metri più avanti. Si procedeva in fila indiana con Sfascia in testa ed il più lento in coda, il percorso era posto ad un'altezza che poteva variare, a secondo dei tratti, dai tre metri fino a pochi centimetri dal suolo. C'erano momenti in cui era necessaria una certa dose di coraggio e bravura, dovendo attraversare dei tratti in equilibrio su di una trave in verticale situata ad una altezza pericolosa, larga un paio di decimetri e lunga più di un paio di metri; oppure quando c'era da saltare da pezzo a pezzo ad altezze diverse a volte distanti anche mezzo metro; era tutto un arrampicare, saltare e correre senza mai mettere piede a terra su di quei materiali in cemento e ferro pericolanti e ferruginosi. Qualche volta si udiva alle spalle un urlo seguito dal rumore di un tonfo sordo. Si giravamo tutti di scatto: qualcuno era caduto in terra e si accingeva a risalire sugli ostacoli un po' malconcio e dolorante, si concedevano il tempo di una gustosa risata e poi proseguivano il percorso.

Dopo qualche giorno, erano diventati tutti degli esperti funamboli e saltimbanchi, pronti per essere assunti da un circo.

La truppa era composta oltre da Zippo, Andrea, Gù e Massimo, anche da Rino, Massimino e talvolta anche Sergio e qualche picciricchio più astuto che osava seguirli nelle loro spericolate avventure.

Il pomeriggio del 5 gennaio, Sfascia ebbe la malaugurata idea di prolungare quel percorso ed aggiungere un brivido in più agli allenamenti.

Propose e mise subito in atto l'idea di scalare quel tronco di gru la cui base fungeva da partenza al percorso. Fin qui nulla da eccepire, in quanto la cosa si mostrò presto semplice e fattibile, anche se in cima si godeva una bella vista dai suoi tre metri e mezzo di altezza. Ognuno prese posto a sedere in alto su quelle travi a prendere fiato per la scalata. Sfascia era seduto sulla parte più alta della gru, aveva il busto pericolosamente proteso in avanti e guardava pensieroso il terreno sottostante con aria di sfida.

- "Ummh! Non mi sembra poi tanto alto."

Fecero in tempo a realizzare i suoi pensieri ma non riuscirono a spiccicare verbo; si lanciò nel vuoto al termine di una riflessione durata qualche secondo, atterrò con eleganza su un terreno poco erboso che tuttavia era stato ammorbidito dalla pioggia del giorno prima. Arrivò a schiacciarsi piegandosi fino alle ginocchia, con le mani a frenare ed attutire la caduta sul terreno per poi rimbalzare come una molla sulla sinistra sotto gli occhi sbalorditi di tutti che avevano seguito ogni sua mossa. Un'altra sfida era stata così lanciata; stavolta era davvero dura!

- "Vai Zippo, non è così alto come sembra."
In qualità vicecapo, spettava a lui emulare per primo le gesta di capitan Sfascia. – "Dai che è cosa da niente."
- "Cosa da niente un accidente!" - Pensava tra sé e sé Vito Zippo mentre si apprestava a salire e scendere da quella gru prendendo più volte le misure e studiando bene il caso.
- "Mannaggia la pupattola, ma guarda che cazz..." Continuava a rimuginare Zippaldo da sopra quella

specie di attrezzo. Rimaneva qualche minuto in attesa col busto proteso in avanti sul punto dove lui si era lanciato cercando il coraggio di mollare la presa e lasciarsi andare insieme al vento che lo sospingeva alle spalle;
 - "Salta Zippo, vai! Ora!" Lo divideva solo un attimo dal compiere quel gesto, ma la mente non riusciva a liberarsi e gli arti rimanevano incollati alla trave di sostegno.
 - "Dai salta! È un attimo, te lo assicuro!" Incoraggiava da sotto capitan Sfascia circondato da tutta la truppa in attesa. Alfine dopo varie titubanze e inutili esitazioni di coraggio rinunciò definitivamente e scese dalla gru con l'amaro in bocca leggendo negli occhi di Andrea profonda delusione.

Adesso la sfida era aperta a tutti ed in palio, ovviamente, c'era la nomina a vicecapo! Ciononostante, nessuno pareva farsi avanti, tutti fissavano quella gru con apprensione e silenzio. Fu Sfascia a rompere quel mutismo persistente ormai da qualche minuto:
 - "Rino, perché non ci provi tu? Guarda che è una stronzata, dai!"
Rino non fiatò neppure, salì con titubanza l'infernale rudere e si posizionò sull'alto trespolo. Ci mise anche meno di Zippo a decidere, ma la risposta almeno fu decisa e schietta:
 - "Ci rinuncio!"

Ormai capitan Sfascia aveva perso ogni speranza nel trovare qualcuno degno di essere suo pari, quando dalla truppa si elevò una vocina:
 - "Ci proverò io!"
Si girarono tutti verso la provenienza di quella voce.

- "Ci proverò io, vincerò la "cacagghia" (paura N.D.R.) per diventare il vicecapo della truppa!"
Capitan Sfascia non credeva ai suoi occhi ed alle sue orecchie; Sandro Gù un tempo riluttante alle operazioni pericolose della truppa, aveva trovato quella baldanza di un tempo per affrontare la prova!
- "Vai Sandro! Grande!!"

Si apprestarono quindi tutti ai piedi della gru per assistere all'evento. Sandro, dopo aver mollato il pallone giallo-ocra ad uno di loro salì arditamente scalando le travi fino a giungere in cima alla gru.
Tutti erano in attesa già da qualche minuto e più di qualcuno aveva lanciato a Sandro Gù parole miste di biasimo, conforto e bassi sfottò.
- "No, così no! Non va bene, mi fate perdere la concentrazione"
Ammoniva dall'alto Sandro Gù.
- "Forza, tutti fuori dai coglioni. Rimaniamo solo io e Sandro."
Esortava capitan Sfascia battendo più volte le mani e cacciando i curiosi assiepati come avvoltoi intorno alla gru.

Si allontanarono quindi mesti e delusi per la perdita di un bello spettacolo e si accomodarono qualche metro più in là, ai piedi del terrapieno dove una volta sorgeva il vecchio fortino che dava sui binari della ferrovia.
Per ingannare il tempo discussero fra loro riguardo una nuova legge che capitan Sfascia aveva proposto e del quale nessuno aveva capito bene i particolari, ma sicuramente parlava di privazioni e punizioni. Il tempo passava, ma novità dalla gru non ne arrivavano. Così cominciarono immancabili i

commenti sul caso. Erano quasi tutti concordi (sobillati da Zippo) che Sandro Gù aveva agito in quel modo per guadagnare tempo e che presto avrebbe rinunciato.
- "Per me come per lui, è un copione già visto e capitan Sfascia rimane insuperabile!"
Decretava a spada tratta l'ex vicecapo Zippo, quando….
- "YAAAAH!"
Alle loro spalle si elevò un urlo disumano proveniente dal luogo della gru che li fece sobbalzare di brutto. Seguiva subito dopo il rumore di un tonfo sordo che preannunciava la caduta di un corpo pesante sul terreno; ciò fece accorrere tutti verso quel luogo.
C'era capitan Sfascia che impassibilmente era lì a lodare Sandro Gù per il coraggio mostrato.
- "Bravo! Eccellente, davvero un ottimo salto, soltanto, come dire, soltanto un po'…" E lo guardava dall'alto verso il basso girandogli in
tondo, perché Sandro Gù giaceva ancora inerte sul terreno bagnato sottostante la gru, massaggiandosi una gamba, mugolando in silenzio per il dolore. Sfascia raccontava:
- "…Niente, ha fatto un bel salto alla Sandokan, spalancando le braccia dandosi coraggio con un bel grido, come chi assalta qualcuno o qualcosa, si è dato una bella spinta con le gambe verso il vuoto e poi si è scoordinato con tutto il corpo ed è cascato come un sacco di patate lanciato da uno scaricatore di porto sul terreno che lo attendeva e dove ha lasciato, come vedete, una bella buca, degna della sua mole."

Andrea aveva sempre una certa "finezza" quando raccontava le cose, specialmente questo tipo di cose.

Gù era anche atterrato male, avendo messo in fallo una gamba.

Rimasero per un po' a rianimare Sandro, a tratti lodandolo per il coraggio dimostrato ed a tratti sfottendolo per il resoconto fatto da Sfascia. Quel coraggio che aveva avuto Sandro e che era mancato a Zippo, adesso gli rodeva le budella per l'invidia, spingendolo quasi controvoglia a pronunciare baldanzosamente:
- "Adesso ci provo io!!"

Vedendo Vito Zippo così fiero e sicuro di sé, tutti pesarono di assistere ad un nuovo spettacolo acrobatico, la cosa andò diversamente. Una volta risalito in cima, la baldanza fece di nuovo luogo alla paura ed all'incertezza. Passarono diversi minuti; la truppa attendeva ansiosa di sotto mentre Zippo, ormai retto solo dal dito indice, faceva penzolare il suo corpo nel vuoto, attendendo quell'attimo di coraggio per lasciarsi andare. Il dito però non si staccava e la truppa cominciava a spazientirsi.

A più riprese gli consigliavano di lasciare perdere e di tornare giù fra i comuni mortali, lui non demordeva. Poi cominciarono a piovergli i primi insulti che andavano a bagnare le sue budella già contorte per la rabbia e l'invidia, la truppa era visibilmente seccata, lui non demordevo ancora. Il sole ormai aveva fatto posto alla luce artificiale dei lampioni e più di qualcuno, ormai rassegnato, aveva già abbandonato il campo per rincasare. Erano rimasti solo i fedelissimi a tenergli compagnia nell'attesa che l'atto fosse portato a termine; erano rimasti: Massimo, Sandro Gù, Sfascia e Zippo, naturalmente sempre appeso in cima come un cretino.

Cercava di dare una spiegazione logica alla sua paura, ormai lassù non pensava che a questo; poi qualcosa gli venne in mente e promulgò ai presenti la sua teoria.
- "Oggi è il cinque di gennaio, il cinque mi ha sempre portato sfiga nella
mia vita, sento che se salto oggi mi succederà qualcosa di strano e spiacevole! La mia paura è un campanello d'allarme! Nient'altro che questo, penso che sarò costretto a riprovarci un altro giorno". -
Così detto, prese a scendere da quell'attrezzo diabolico col fare di un'eremita che terminava il suo periodo di meditazione e silenzio. Fu accolto da una serie di fischi e pernacchie che ne fecero lo zimbello della truppa; quella sua teoria rimase scolpita nel tempo, tanto che ancora oggi Zippo viene sfottuto ogni volta che quei fatti ritornano alla mente ad allietare i racconti dei ricordi tra i più affezionati.

Qualche tempo dopo, Zippo tornò sul terreno di sfida a cercare di abbattere quell'ostacolo, divenuto ormai nella sua mente un qualcosa di ostico e ripugnante. Riuscì nell'impresa con grande soddisfazione un pomeriggio in compagnia di Sfascia. La cosa gli procurò una buona dose di brividi di paura e scosse di adrenalina per tutto il corpo, ma soprattutto brividi paura.
Era l'alba degli anni Ottanta.

Sfrenate partite di calcio ad ostacoli

L'epoca delle disavventure della truppa ormai era arrivata, per buona fortuna di tutti, al suo epilogo. Paghi e stanchi dei risultati ottenuti dagli allenamenti in quei luoghi, tornarono sul parco a giocare a pallone ascoltando i richiami di Sandro Gù e della sua invitante palla color giallo-ocra. Il tempo che ritagliavano per occuparsi della truppa era molto esiguo, fino ad abbandonare per sempre questa filosofia. La banda antagonista delle cugine "femministe" ormai non esisteva più da tempo, e con essa terminarono tutte le operazioni F.O.L.P.O., CONDOR e Diavoli rossi, che un tempo avevano infiammato i loro spiriti combattivi e che ora, non avendo ormai più senso, li avevano persino stufati, ancora lì a scribacchiare diari di guerra e ad eseguire o a subire punizioni ai limiti della logica.

L'Appia verde contava, nel suo organico di residenti, una nuova famiglia venuta da poco ad abitare in quei palazzi. Erano alloggiati al piano terra della palazzina di Andrea e come tutti gli appartamenti situati in quella posizione, godevano di un piccolo giardinetto interno a ridosso del parco, come la casa del Cavallo. Dal balcone della cameretta di Andrea, avevano modo di spiarli da sopra per conoscerne l'organicità della famiglia. Notarono la presenza di due ragazzi loro coetanei e meditarono sul se e sul come inserirli nella vita dell'Appia verde.

- "Ma questi io li conosco!". Con vera sorpresa Vito Zippo si accorse che
avevano una faccia alquanto famigliare. – "Abitavano di fronte casa mia!" Zippo spiegò a Sfascia che questi facevano parte del contesto di amicizie che con Massimo avevano sotto casa.

- "Non lo so, non li ho conosciuti proprio bene bene, mi ricordano degli episodi molesti. Quando eravamo più piccoli delle volte ci facevano tornare a casa in lacrime. Sono un po' tosti e dispettosi!"

- "Bah! A me non sembrano così pericolosi." Commentava Sfascia senza togliergli gli occhi di dosso. Questi se ne stavano a giocare tranquilli tra di loro sotto la balconata di casa Sfascia. Volenti o nolenti, adesso che erano venuti ad abitare in Appia verde, erano entrati nella loro vita.

Al resoconto di questi che Zippo fece ad Andrea ed al resto della compagnia, aggiunse anche che erano degli ottimi palleggiatori di palla

- "Sotto casa erano dei fenomeni nel gioco del calcio". La curiosità di tutti, che grazie a Zippo si adoperò a far precedere ad essi la loro la fama, fece in modo di accelerare i convenevoli di un invito formale a partecipare ad una partita di pallone sul parco. Erano in tre, con loro c'era anche un cugino affiatato che li seguiva dappertutto.

Per fare più ampia conoscenza Sandro Gù e Sfascia in un bel pomeriggio bagnato dal sole, decisero d'ammorzare il primo contatto. Ovviamente non nella maniera formale che ognuno pratica d'abitudine, (ciao come ti chiami, presentazioni etc. etc.); avevano escogitato un altro modo per farsi conoscere.

Dopo qualche giorno di sorveglianza notarono che ogni pomeriggio i due fratelli e il loro cugino avevano l'abitudine di giocare a carte nel giardinetto sottostante l'appartamento di Sfascia. Così Sandro Gù armatosi di una pistola ad acqua incominciò a spruzzare a piccoli getti i soggetti sottostanti, per poi nascondersi immediatamente. I tre compari al ricevere quelle spruzzatine d'acqua voltavano lo sguardo in alto per capire da dove provenivano i getti e soprattutto chi poteva essere l'artefice di questo affronto. Niente, non riuscivano proprio a comprendere da dove e chi gli infliggesse questo supplizio, anche se intanto al riparo c'era qualcuno che se la rideva di gusto. Il loro cugino suggerì che si trattava dei panni stesi sui balconi e quindi ripresero imperturbabili la loro partita a carte. Sandro Gù ripeté più volte il gesto; niente, nessuna reazione.
- "He he André questi non si muovono, che possiamo fare!"
- "Ho una idea! Ma rischia di non piacergli tanto se la mettiamo in atto!"
Disse Sfascia con uno strano sorriso malizioso.
- "Va beh e cos…" Sandro non ebbe tempo di finire la frase che Sfascia

era già corso in bagno per passare dalle parole ai fatti. Tornò dall'amico munito di una bella busta da spesa piena d'acqua lanciandola immediatamente sui

tre penitenti, mirando il centro della tavola dove erano seduti. Dino, il più grande di loro stava per fare scopa e vincere la partita con il braccio levato e la carta della vittoria in mano gridando:
– "Scop..." ma la busta d'acqua gelò le sue parole con un fracasso enorme lasciandolo così con il braccio alzato.
– "Buttu di sangu!!" Gridarono nello stesso tempo suo fratello Vito e suo cugino Sandro (citazione per evocare malaugurio), poi in coro i tre malcapitati urlarono a squarcia gola una miriade di parolacce e insulti vari da far dislocare la mascella (da qui il termine Mascellaro, ad indicare un soggetto che compie quando parla, enormi movimenti disarticolati con la mascella, da scaturirne un suono gutturale stereofonicamente modulato).
- "Mo' ca scindi ti rronchio!" Fu l'ultima frase evocatoria dei tre, rivolti con fare minaccioso verso la balconata incriminata (quando scenderai ti riempirò di botte finché non potrai più muoverti).
Sandro Gù non sapeva più dove mettersi.
– "Come si fa? io vado a casa e non esco più!" Diceva preso dal panico. Sfascia lo rassicurò ribadendo che le minacce erano rivolte a lui.
- "Gù, nessuno ti ha visto, quindi non ti preoccupare e scendiamo tranquilli giù che non succederà niente, tranquillo, tu non parlare!"

Arrivando sotto il portone si incrociarono presto con i tre inferociti malcapitati. Vito, il fratello più piccolo di Dino e il più aggressivo si fece avanti bestemmiando e cercando spiegazioni ma Sfascia poiché era testa calda suo pari, rimanendo impassibile, prese a contraccambiare le spinte del rivale.

– "E che sarà mai un po' d'acqua! Volevamo solo fare amicizia!"
Sandro Gù in quel momento voleva diventare trasparente ma si rassicurò quando vide che in fin dei conti la storia si limitò a spintarelle e scambi di battute sempre meno gravi e ormai volte a sdrammatizzare.
– "Va be dai, andiamo tutti a mangiare un bel ghiacciolo". Disse alla fine Dino. Così il ghiaccio fu sciolto, amicizia fatta e Sandro Gù poté finalmente rivolgere il suo invito formale a partecipare ad una partita di pallone sul parco.

Quando gli spiegarono le regole del loro calcio ad ostacoli, soffermandosi in maniera particolare su come avevano strutturato il campo da gioco, i nuovi venuti rimasero sconcertati e delusi, tanto che la loro diffidenza fece luogo a risate e prese in giro. Dalle spiegazioni si passò subito ai fatti. Tutti notarono quanto quello che di loro avevano sentito corrispondeva a verità. Con la palla erano davvero dei fenomeni. Dino, il più grande di loro, stando fermo col corpo e movendo soltanto i piedi riusciva a giocare la palla impedendo a chiunque di rubargliela; gli altri due (il fratello Vito, omonimo di Zippo, ed il cugino Sandro, omonimo di Gù) non erano da meno, distinguendosi in palleggi impeccabili e perfetti. Rimasero tutti ubriacati dal loro gioco, ed averli in s(g)uadra per delle partite formali nel parco era davvero un onore. Ben presto salirono al vertice della popolarità, surclassando anche la fama di Andrea.

All'inizio non c'era molto affiatamento con loro, avevano un carattere denso, introverso ed un po' autoritario; facevano gruppo a parte e venivano a giocare sul parco saltuariamente. Naturalmente dovevano ancora ambientarsi in quel nuovo mondo ed integrarsi bene con tutti. Dovendo adattarsi, nacquero presto degli alterchi per questioni di gerarchie, specie con Andrea e con Sandro Gù che si vedevano intaccare la loro autorità.

Col tempo gli asti si placarono e si ruppe definitivamente quel ghiaccio che li separava. Gli animi si ammorbidirono e Sfascia, con qualche remora, riprese il controllo della situazione ritornando all'apice della popolarità. Con loro invece si iniziò a costruire una solidale amicizia destinata a crescere sempre di più a protrarsi nel tempo ed a realizzare insieme quelle che saranno le vicissitudini dell'Appia verde.

Per intanto loro presero a giocare a pallone molto più volentieri; a quello stretto campo ad ostacoli che offriva il parco dell'Appia verde ci si avvezzarono subito, mettendo in atto le loro micidiali tecniche personali di gioco, sfruttando quello che la natura del campo stesso offriva loro di fare, dando lustro a tutti di nuove opere funamboliche tra le scalinate. Le squadre avevano più corpo, le partite erano più robuste ed il gioco più maschio.

Aumentava l'intensità delle cannonate in porta ai danni del povero portiere (specie se picciricchio), aumentava il ritmo di gioco, i dribbling, gli scatti ed i lanci precisi, aumentavano i contrasti, i salti, i voli e le cadute sul lastrico del campo (o sulla scalinata di centrocampo). Inoltre, i loro ginocchi conobbero un nuovo fruente e felice periodo di sbucciature e sanguinamenti, tanto da dover costringere il loro guardaroba a rimodernarsi di pantaloni e tute da ginnastica; ci si divertiva insomma.

Spesso e volentieri il pallone giallo-ocra di Sandro Gù prendeva il volo per le balconate dei palazzi alle spalle delle porte (ricordiamoci che le traverse non superavano il mezzo metro d'altezza), anche nei piani più alti. In queste circostanze, a secondo dei casi, ci si comportava in due maniere differenti: nel caso il pallone non provocava danni a cose, piante o vetrate, si chiedeva gentilmente la restituzione dello stesso, e se fosse stato ad un piano accessibile, ci avrebbe pensato l'uomo-scimmia Sfascia. Nel caso inverso, tempo due secondi il parco si svuotava immediatamente e sul campo rimaneva sconcertato, il padrone del pallone, costretto in solitario ad affrontare le ire dell'inquilino danneggiato.

Furono firmate diverse petizioni che impedivano il gioco del calcio sul parco. Iniziò un brutto periodo di repressione da parte di quegli inquilini che non ne potevano più di cambiare due volte al mese il vetro alle finestre, che il pomeriggio non riuscivano a riposare per il baccano e che vedevano ogni giorno tornare a casa i figli in lacrime coi ginocchi sbucciati o molestati e presi a pallonate. Agitare un pallone nel parco ormai voleva dire compiere un'azione di frodo; si giocava con la paranoia che presto o tardi qualcuno sarebbe venuto ad interrompere il gioco ed effettuare un censimento per scacciare i non residenti dall'Appia verde.

I ragazzi chiesero a gran voce un'alternativa al caso ad un capo condomino e questi gli rispose che c'era la possibilità di sfruttare una porzione di terreno edibile al lato dei campi da tennis da usare per l'abbisogna, ma rimaneva l'obbligo di rispettare l'orario di "controra", cioè divieto assoluto di qualsiasi cagnara prima delle cinque del pomeriggio.

Questa porzione di terreno era costituita da un vasto spiazzo di fango indurito e terra densa, piena di buche e pozzanghere; per il momento dovevano accontentarsi, vista la promessa che presto avrebbero messo a disposizione delle ruspe per appoderare il terreno; cosa che non avvenne mai. Con pazienza e buona volontà tutti si rimboccarono le maniche e armati di vanghe ed utensili vari cominciarono a modellare quel terreno per renderlo quanto più somigliabile ad un campo di calcio. Il terreno era davvero duro e la cosa non fu semplice.

Ci misero diversi giorni per compiere l'impresa ed il risultato, pur avendoci messo buona volontà, era abbastanza deludente. Riuscirono perfino a trovare della polvere di calcina per segnare la linea di centrocampo e le aree di rigore. A giocare in quel campo sconnesso c'era da slogarsi le caviglie ed il pallone aveva dei falsi rimbalzi tipo palla magica per via delle tante buche che era impossibile eliminare. Cresceva la nostalgia del loro vecchio campo sul parco, di quel liscio mattonato rosso dove poter far scivolare le gambe a corteggiare il pallone, udire con fragore i suoi rimbalzi pieni e rumorosi; lì non ci si divertiva per niente.

Lasciarono trascorrere un po' di tempo per far acquietare le acque e alfine, com'era logico, ritornarono con prepotenza a giocare nuovamente sul parco, infischiandosi dei divieti imposti, cercando di limitare la potenza dei tiri in porta e rispettare la natura dei picciricchi più fragili. Le lamentele ricomparvero, tennero duro e continuarono per la loro strada per non perdere quello che avevano riconquistato, tennero duro e basta, tutti compatti. Chi li rimproverava, presto si rassegnò all'evidenza della loro testardaggine; chi la ha dura la vince, dice il proverbio!

Tornarono i tempi lieti dei dribbling e delle cadute all'inseguimento della palla che rimbalzava galeotta sulle mattonelle rosse del parco.

I fumetti di Zippo

La scuola continuava il suo corso, e loro appresso con malavoglia e totale disinteresse, sfruttando ogni diversivo che capitasse loro a tiro, adatto a discostare la mente dallo studio.

Zippo e Sfascia frequentavano ormai l'ultimo anno delle medie e si avvicinava per loro un periodo decisivo della vita; scegliere se continuare, una volta finito l'obbligo statale che li impegnava con la scuola, la strada dello studio o intraprendere quella del lavoro.

Anche se non conoscevano minimamente il concetto della parola "studio", della sua scelta ne erano convinti. Candidi e tranquilli come tra le braccia della mamma, continuare la scuola significava per loro rimanere integrati ed allineati con quella che era l'inclinazione giovanile che li circondava. La parola lavoro invece, suonava alle loro orecchie come qualcosa di brutto e degradante che avrebbe messo sulla loro testa un cappello con la scritta "asino ed incapace". Naturalmente erano ancora inesperti e ignorante per capire quanto avevano torto. Qualche aspirazione in verità ce l'avevano.

A Zippo e Sfascia piaceva progettare, disegnare, inventare sempre qualcosa di nuovo ad allietare le persone che avevano intorno. Quando Zippo aveva sette anni, in casa si accingeva a fare il mestiere di giornalista; redigeva su dei grandi fogli di carta che papà Totò portava da lavoro, tutte le notizie che riguardavano l'ambiente domestico. Al giornale dava anche un nome ed una data settimanale per l'edizione e la pubblicazione. Le notizie erano tutte più o meno blande e spiritose e facevano capo a cronache di vita quotidiana familiare (Vito ha fatto la cacca e si è spogliato tutto nudo, la mamma si è incavolata, Massimo ha rotto la testa a Gabriella e/o viceversa ecc.).

Spesso (volendo imitare il lavoro della macchina fotografica) queste cronache erano correlate da fumetti, che a suo vedere immolavano le scene raccontate. Cominciava così a delineare i contorni ad alcuni personaggi, dando sempre le stesse caratteristiche ed espressioni, il tutto naturalmente con la mano artistica di un bambino. Il passo successivo fu quello di staccare i fumetti dalla cronaca, dandogli vita propria in delle "strisce", che cominciò a realizzare col tempo.

Nasceva il personaggio "Zippo", dal quale aveva preso il nome da un noto fotografo brindisino. Zippo aveva il capo contornato da una serie di riccioli lunghi che andavano in ogni direzione, in omaggio alla sua capigliatura crespa, ed un lungo sorriso perenne da guancia a guancia. Come nella realtà, Zippo aveva un fratello: Super Massimo, che possedeva un lungo ciuffo di capelli a coprire l'occhio sinistro come la benda di un pirata.

L'idea di Super Massimo gli venne dal fatto che nella realtà, Massimo, essendo il fratello più piccolo, era costretto a subire le angherie sue e di sua sorella Gabriella con la quale era spesso in combutta contro di lui.

Siccome Vito era molto legato a suo fratello, aveva trovato il modo di accontentarlo almeno sulla carta; attribuendogli un personaggio dai super poteri che metteva in riga Zippo e Lina (diminutivo di Gabriellina). Il potere di Super Massimo era la forza, e la usava per picchiare a richiesta delle circostanze. Ben presto SM (diminutivo di Super Massimo) diveniva l'eroe delle sue strisce a fumetti, ed accanto a lui nascevano altri personaggi spiritosi di fantasia, a contornare le storie dei suoi fumetti: c'era un buffo ed irascibile controllore di biglietti d'autobus di nome Mimino Popò con la passione sfrenata per le multe (prendendolo a copia da un noto personaggio brindisino esistito veramente); un altro curioso personaggio con l'espressione di meraviglia (disegnato sempre con la barba a puntini e bocca aperta) di nome Peppino; un tipo diabolico di nome Furbis dedito ad attività criminali, etc. etc.

L'ispirazione per le avventure le prendeva dagli albi di Topolino, dove attingeva a piene mani. SM era il personaggio buono della situazione che risolveva le storie a modo suo, con acume da detective e maniere brusche (a suon di calci e schiaffi). Zippo era un po' il suo aiutante, stravagante e sognatore come nella realtà.

Il tempo passava e la passione dei fumetti non smise di accompagnarlo. Quello che rimaneva statico però, era lo stile infantile con cui disegnava, senza miglioramenti di tecnica e di stile. Le figure non avevano campo tridimensionale e l'ambientazione era spesso carente di dettagli. Comunque, rimaneva sempre uno stile particolare che dava un'impronta personale e riconoscibile ai suoi lavori. Col tempo naturalmente, Zippo ed SM venivano affiancati da nuovi personaggi, in particolare da quelli che realmente li affiancavano nella vita di tutti giorni. Nasceva il personaggio "Sfascia", che presto farà coppia fissa con Zippo in una raccolta di innumerevoli avventure; il personaggio Sandro Gù, disegnato con gli occhiali e gli occhi strapazzati, spesso vittima degli scherzi di Zippo e Sfascia.

Preparò anche diverse strisce sulle vicissitudini della truppa, dove i componenti erano disegnati tutti uguali come archetipi a stelo ed il capo (Sfascia), si distingueva solo dal fatto che sulla testa aveva un grosso cappello con la scritta "capo". Anche a scuola i suoi fumetti fecero la loro comparsa, dove trovarono gli apprezzamenti di alcuni compagni di classe, i quali gli concedevano, durante le ore di supplenza, l'onore di esporre i lavori alla lavagna. Zippo continuava a tessere trame fra i suoi personaggi, ad inventarne degli altri e ad elaborare sempre nuove teorie sulla loro nascita ed evoluzione.

Fra i suoi compagni di classe ce ne era uno che si appassionò sensibilmente a quelle storie, offrendogli anche il suo aiuto nelle evoluzioni di queste; si chiamava Massimo, ribattezzato col tempo "Muccy" con il quale iniziò a stringere una solidale amicizia e del quale avremo modo di parlarne più avanti.

Intanto nella vita reale suo fratello Massimo era ormai stato battezzato fra di loro col nome di "SM", così come lui era conosciuto come Zippo, attribuendo al nome anche il fatto che era magro come uno "zippo d'arieno" (ramoscello di rosmarino dal dialetto brindisino).

Col passare del tempo Zippo coinvolse anche Sfascia nella realizzazione dei suoi fumetti. Qui nacquero tante storie realmente vissute sia a Casalabate che a l'Appia Verde e raccolte in un solo grande album (Zipp & Sfascia bla bla bla). Sfortunatamente questa raccolta fu smarrita nel tempo.

Catman, Tigerman e gli altri

C'era un periodo in cui Zippo volgeva il suo pensiero alle stelle. Era quando mandava un saluto al suo vero pianeta d'origine. Un posto dove vivevano degli strani esseri metà uomini e metà gatti. Tempo fa il suo pianeta fu invaso da creature aliene provenienti dallo spazio, oscurandolo per sempre. Erano le creature del regno delle tenebre che sterminarono tutti i suoi simili. Lui era riuscito, grazie all'aiuto di qualcuno, a fuggire dal suo pianeta natale ed a rifugiarsi nel pianeta Terra, scampando così ad una fine orribile. Qui aveva preso le sembianze di un umano ed aveva scordato ogni cosa delle sue origini, conducendo ormai una vita normale insieme agli abitanti della Terra.

L'estate scorsa però, mentre era in villeggiatura ad Ostuni, gli successe uno strano incidente. Mentre cercava di liberare il suo gatto dalle grinfie di un cane, fu graffiato e morso ripetutamente da questo che spaventato e scosso, aveva reagito in quella maniera violenta.

Fu così che nel suo sangue ritornò a scorrere della linfa contenente geni del regno felino. Questi gli fecero tornare alla mente parecchi ricordi di quel pianeta dimenticato e scoprire la sua vera identità, ma c'era purtroppo dell'altro. Adesso che ritornava a prendere atto dei suoi poteri, i suoi occhi cominciavano a vedere nell'oscurità quello che gli altri non potevano e non riuscivano vedere: nel buio si nascondevano come in febbrile attesa di colpire, i nemici di sempre; torme di esseri del regno delle tenebre!

La Terra era in pericolo. Sicuramente questi si stavano organizzando per sopraffare e conquistare l'intero pianeta! La sua apprensione era tanta, doveva a tutti i costi confidarsi con qualcuno. L'unico che sapeva essere in grado di ascoltare simili storie era sicuramente Andrea. Inoltre, doveva muoversi con molta accortezza; le tenebre sapevano della sua condizione e di quello che aveva ricominciato a vedere ed avrebbero senz'altro tentato, al momento opportuno, di sopraffarlo. Camminare per strada ormai bisognava stare attenti a non percorrere tratti troppo bui, specialmente di sera. Non potendone più, un giorno rivelò ad Andrea quanto c'era da sapere sul caso, esponendogli per bene e con convinzione quali erano secondo lui i pericoli imminenti sul loro pianeta.

Lui al momento non disse niente, ascoltò con curiosità il suo struggente racconto in silenzio, dando agio al suo sfogo. Quella sera tornare non fu un'operazione facile. Il percorso che doveva compiere dall'Appia verde fino a casa era intervallato spesso da tratti non illuminati e quindi facile covo per le tenebre che sicuramente lo attendevano per tendergli degli agguati. Riconosceva a mille nell'oscurità i loro ghigni malefici pronti a colpire, per fortuna anche lui aveva modo di difendersi. La sua struttura morfologica lo aveva dotato, oltre ad arti in grado di compiere balzi felini, di un organo situato nell'apparato ottico capace di produrre dei raggi infrarossi capaci di distruggere le creature delle tenebre. Quella sera fu costretto dalle circostanze, ad usare ripetutamente quei raggi contro di loro, senza i quali sarebbe sicuramente perito in qualche imboscata. Sentiva che erano parecchio nervosi ora che erano stati scoperti e che aveva rivelato la loro esistenza anche ad Andrea, avendolo trascinato, suo malgrado, sicuramente in una difficile situazione. Il giorno dopo Andrea gli telefonò annunciandogli che aveva qualcosa da dire su quell'argomento, Zippo si precipitò immediatamente da lui. Le sue rivelazioni furono inaspettate quanto stupefacenti.

Sfascia raccontava che anche lui come Zippo, veniva dallo spazio, da un altro pianeta dove gli abitanti erano però per metà uomini e per metà tigri. Diceva di essere già al corrente di tutto addirittura prima che lui gliene parlasse e che a differenza di Zippo, lui dei suoi poteri ne era stato sempre al corrente, così come era consapevole dell'imminente invasione delle tenebre sulla terra. Aveva celato la sua identità perché non voleva avere rogne con le tenebre. Sicuramente, se non fosse intervenuto Zippo a scoprire le carte, lui avrebbe lasciato la Terra in balia del suo fato, abbandonandola al suo buio destino finché le tenebre ne avrebbero fatto scempio, per poi riparare su di un altro pianeta così come aveva fatto in precedenza. La sua razza era più evoluta di quella di Zippo e lui viveva, prima di trasferirsi sulla Terra, in un grande pianeta che aveva due satelliti in orbita.

Con grande sorpresa, Zippo seppe da lui che uno di questi satelliti era stato il suo pianeta, il regno degli uomini-gatto. Dopo secoli di lotte, gli uomini-gatto avevano raggiunto uno stato perenne di pace con gli uomini-tigre, fin quando entrambi i pianeti furono invasi dalle tenebre.

Erano gli ultimi residuati di queste razze, oltre ad essere gelosi custodi di sconcertanti e nefasti segreti. Da quel giorno decisero di combattere insieme le tenebre e di salvare la terra dalla loro presenza. In gran segreto decisero di adottare i nomi: Catman e Tigerman.

E ci misero anche poco a convincere SM, che in realtà era Pantherman e che ancora non lo sapeva (!!!), ad unirsi alla loro lotta. Gli uomini-pantera infatti erano gli abitanti del secondo satellite intorno al pianeta degli uomini-tigre.

Una sera Zippo ed SM furono invitati in casa Sfascia per una cena a base di focaccia, i suoi genitori non erano in casa e ne approfittarono per svolgere una riunione segreta e fare il punto della situazione.

Alle nove della sera, fuori dal balcone della cucina si ammirava il parco avvolto nell'oscurità, dando modo di constatare a tutti quanto questo fosse invaso da quelle mefitiche creature incorporee celate, come al solito, fra gli antri bui della struttura. E c'era da fare netta distinzione tra tenebre ed ombre. Le ombre loro amiche erano (per definizione), ciò che gli oggetti e le cose riflettevano una volta colpiti dalla luce. Dove questa invece non arrivava, c'erano solo tenebre e nient'altro che tenebre! E c'era da combattere, da distruggere ed annientare quel pericolo che gli umani non vedevano e non potevano vedere.

Quel parco, rischiarato solo dalla tenue luce di qualche lampione, era ora teatro di lotta tra tenebre ed ombre, decisero di unirsi alla lotta anche loro; in tre avrebbero dato molto!

Entrarono di soppiatto nel parco scavalcando la ringhiera che sovrastava l'entrata dei garage e si acquattarono dietro ad una torretta, poi ognuno prese una direzione diversa, seguendo il proprio istinto, guidati là dove c'era bisogno di combattere, azionando i loro terribili raggi infrarossi in direzione delle tenebre. Così cominciarono a saltare ed a compiere capriole mirabolanti per poi nascondersi dietro i bassi muretti e le smodate strutture del parco, sotto gli occhi perplessi delle uniche due creature terrestri presenti quella sera: Billy e Patatina, i gatti del Cavallo.

I giorni a seguire scoprirono con meraviglia che anche gli altri cugini di Andrea; Rino e Massimino, avevano i "superpoteri". Sfogliando le enciclopedie dei felini uscirono fuori altri nomi da abbinare: l'uomo-lince e l'uomo-ghepardo. La famiglia si era allargata, e tutti avevamo un potere diverso, ognuno un punto debole ecc., inoltre Zippo e Sfascia avevano anche dei poteri mentali capaci di leggere nella mente e di sconquassarla.

Queste puttanate continuarono per qualche settimana ancora, poi d'un tratto cessarono di esistere, all'improvviso così come erano saltate fuori. Un giorno nessuno ne parlò più e basta. Come un racconto terminato, come una favola ormai fuori moda.

Ma fin quanto durò, c'era da immedesimarsi alla cosa con seria convinzione di essere!

I nuovi orizzonti di Sfascia

La famiglia di Sfascia aveva da qualche tempo preso a frequentare diciamo delle nuove amicizie, nel quartiere detto "Le Sciabiche" dove abitavano dei cugini da parte di madre che Sfascia conosceva poco.

"Le Sciabiche" era un quartiere di pescatori; il perduto quartiere marinaro di Brindisi, dove la gente era schietta, coraggiosa e fiera.

Il quartiere, situato nell'ansa nordovest del Seno di Ponente, è costituito da viuzze e vicoli pavimentati in pietra caratteristica del centro storico della città.

Sfascia frequentava il quartiere sotto la padronanza di Alfredo suo cugino di secondo grado; Lui aveva una bella cerchia d'amici unitissimi e fidati, la loro forza si destava sulla fiducia irrevocabile tipo i tre moschettieri "Tutti per uno, uno per tutti"; era la regola d'oro per far parte del cerchio. Fra i più affiatati amici vi era un certo Giuseppe e suo fratello più grande Massimiliano di cui ceco di un occhio. Sfascia fece la conoscenza della nuova comitiva in una festa data in casa di uno di loro. Il primo contatto non fu cosa semplice poiché costoro erano più estroversi di lui, ma con la presenza di Teresa al suo fianco, i dialoghi si risollevarono in maniera positiva per i nuovi venuti.

Come si sa le ragazze sono più mature dei ragazzi loro coetanei, così mentre Teresa, essendo di bella presenza e simpatica si faceva corteggiare dai nuovi amici, Sfascia profittava della situazione per vedere come inserirsi nel seno della gerarchia. Comunque, il sesto senso che lo aveva sempre accompagnato nelle sue avventure, annunciava rogne. Questo perché per il modo di vivere e di pensare di quella gente, il fratello doveva sempre onorare e difendere sua sorella da soprusi e maldicenze; "questione d'onore". Questo a Sfascia gli faceva ricordare il tempo passato quando viveva in Sicilia dove la questione d'onore era la base di sopravvivenza.

Aprendo una digressione sul suo passato, troviamo Sfascia all'età di sette anni che per motivi di lavoro di suo padre si trasferisce con la famiglia in Sicilia e più precisamente in quel di Capaci.

Qui non avendo più nessun amico Sfascia sarà costretto a ricostruire il suo mondo. Ma questo mondo risulterà essere molto diverso dal precedente poiché in Sicilia il modo di vita era completamente dissimile da quello di Brindisi. Li a Capaci i ragazzi seguivano una specie di regola che portava a due strade differenti. La prima essere sottomesso e la seconda sottomettere gli altri seguendo delle regole ben precise: mai tradire la fiducia; mai denunciare un compagno della banda. In caso di problemi: "tu non hai visto niente e niente hai sentito". In una parola: omertà!

Detta in breve la vita di Sfascia lì in Sicilia fu dura, doveva sbrigarsela da solo e anche se a Brindisi era abituato a frequentare il "non frequentabile", lì a Capaci si sentiva completamente disarmato. Fortunatamente la cosa non durò per molto, la sua natura battagliera e testarda non lasciò che qualcuno gli mettesse i piedi in testa.

Un giorno dopo essere stato preso alle strette da un gruppetto di bulli che sotto minaccia gli imponevano cedere la sua colazione a un certo Roberto capo di quella banda detta (? guarda un po'?) dei Diavoli Rossi, tenne duro e non capitolò alle richieste di quei facinorosi teppisti Siciliani. Dopo il terzo rifiuto di cedere al ricatto fu costretto a subire le ire moleste della banda. Le cose non andarono come loro avevano previsto. Sfascia si incazzò e vide rosso più rosso dei loro Diavoli rossi e ripresa la lezione dopo la ricreazione si mise a dare botte alla cieca e all'uso suo a destra e sinistra colpendo capo, vicecapo, sottocapo e chiunque cercasse di frenarlo.

Chiaramente per gli orbi dei professori la cosa fu inammissibile anche perché aveva picchiato ragazzi figli di persone che avevano un mestiere "rispettabile". Da quel giorno fece parte della banda in una posizione onorabile "vicecapo", aveva il potere di assecondare il capo e decidere dei soldi che i poveri malcapitati dovevano dare se non volevano essere picchiati.

Lasciando questa piccola digressione del passato, troviamo Sfascia che oramai faceva parte di quella cerchia ristretta di amici del quartiere "Le Sciabiche" e visto che era ben accetto, si recava ogni pomeriggio da suo cugino Alfredo con sua sorella Teresa, e mentre lei era presa a civettare con altre sue amiche, i ragazzi passavano il tempo a giocare a pallone sul piazzale sottostante l'abitazione d'Alfredo. Verso il calare della sera si andava a pescare nel porto, Sfascia non era pratico della pesca alla lenza ma dopo svariati tentativi riuscì anche a pescare qualcosa.

Delle volte gironzolavano per le contrade di Brindisi vecchio dove con Massimiliano e compagnia si finiva a dividersi una birra da tre quarti prima di ritrovarsi sul piazzale a giocare con le ragazze a un gioco chiamato "libera fratelli". Il gioco consisteva nel formare due squadre antagoniste dove una era quella che inseguiva e l'altra quella che scappava per non farsi prendere, fino a che tutti gli appartenenti della squadra erano stati catturati. Era più che altro una scusa per avvicinarsi al sesso opposto. Sfascia aveva un flirt per Chiara, una ragazza della sua stessa età con lunghi capelli neri e degli occhi d'un celeste profondo, era lei che lo spingeva a frequentare quei luoghi e tornare ogni pomeriggio. La sua silueta fine ed i movimenti leggeri ed eleganti avevano stregato i pensieri di Sfascia. Ma ogni storia ha sempre una fine che può rivelarsi gradevole oppure no; questa volta il terrore Terry aveva fatto in modo che la sorte girasse nel verso nefasto.

Visto che la sorella di Sfascia era molto corteggiata, provocò gelosie fra i contendenti e tutti i male nomi possibili.

Sfascia trovandosi in un ambiente schietto e duro come quello della zona "Le Sciabiche", si trovò suo malgrado di fronte ad un'amletica scelta; affrontare in cerchio e lavare l'offesa fatta o farsi trattare da buono a niente e stare in pace con tutti. Sfascia sapeva che sua sorella piaceva a Giuseppe e un pomeriggio come tanti la soluzione venne da sola. Giuseppe gli faceva parte che sua sorella era una "di quelle" quasi che lo aveva tradito per un altro. Sfascia non ebbe scelta. Si affrontò con costui che domandava di lavare l'onore di sua sorella. Si presero a botte lungo la via dove il giorno prima avevano giocato a rincorrersi.

Con Giuseppe non avrebbe mai voluto battersi, lo considerava un amico, mentre si azzuffava pensava alla delusione di Massimiliano, pensava all'amicizia persa con tutto un gruppo, pensava al suo amore verso Chiara. Tutto sarebbe finito in quel luogo, tutto sarebbe stato cancellato.

Sfascia era furioso di quella situazione. Essendo timido con le ragazze non sapeva con quale verso prendere Chiara. Il suo comportamento era stato sempre dolce nei suoi confronti, con lei era delicato e cortese, sempre attento ad ascoltare i suoi racconti.
-    "Io me ne torno all'Appia verde!"   disse incontrando sua sorella per
strada in compagnia delle sue amiche.
-    "Che ti è successo! Cos'è quel sangue sulle labbra!"
-    "Tutto è finito, tutto è finito per colpa dei tuoi ormoni incandescenti"
Teresa rimase senza parole. Non immaginava di aver ferito così tanto i sentimenti di suo fratello.

Lei continuò a frequentare quel posto, Sfascia tornò nelle vecchie praterie de l'Appia Verde a cercare di guarire la cicatrice lasciata dalla sua separazione con Chiara. Oramai era primavera inoltrata e a scuola era il quasi disastro ma a Sfascia più niente importava, aveva il cuore ferito rimasto nelle contrade delle Sciabiche vicino a Chiara che mai più ritrovò.

Tempo di esami

Sfascia divenne molto più introverso di prima e incominciò a imbastire una corazza intorno al suo cuore. Aveva giurato che mai più si sarebbe ritrovato nella condizione di quella desolazione più totale. I suoi pensieri rimanevano in quel quartiere carico di storie, di ricordi d'amicizie sincere e una rabbia nel ventre a causa di sua sorella che aveva disfatto tutto al suo passaggio, ma era pur sempre sua sorella e le voleva bene.

Preferiva star solo nella sua camera e guardare fuori dal bacone. Si rimise a frequentare la vecchia banda di compagni di classe senza toccare un libro e preferiva girovagare con loro.

A scuola rimaneva distante e malgrado l'avvicinarsi degli esami di licenza media non aveva più voglia di niente, si lascio portare dal tempo senza neanche reagire alle repliche dei professori il quale non capivano niente e rimanevano sulle loro statistiche. Così facendo Sfascia sapeva che non avrebbe passato gli esami di stato e avrebbe ripetuto l'anno scolastico.

Le vicissitudini scolastiche di Zippo invece, andavano in tutt'altra direzione, avendo in quel periodo il loro apogeo di splendore, divertimento ed entusiasmo. Mai come allora andare a scuola significava passare delle ore liete insieme ai suoi compagni. La sua era una classe molto affiatata e compatta, allo stesso tempo pena dell'intero istituto. Ne combinavano di tutti i colori ed erano lì solo per "scaldare il banco". Li vedevi ridere di gusto durante l'interrogazione del malcapitato di turno che sproloquiando parole d'ogni genere, tentava di arrampicarsi su quella materia guardando inutilmente verso la platea per un aiuto insperato che naturalmente non arrivava.

La classe era formata dai tipi più strani ed il comitato promotore (formato essenzialmente da alunni ripetenti), animava le giornate con nomignoli e prese in giro collettive, nessuno escluso.

Alla fine dell'ora di ginnastica, quando dal cortile si doveva risalire in classe per continuare le lezioni, scoppiava un casino: ognuno si affannava in una rovinosa corsa per le scale onde evitare di arrivare ultimo. La cosa creava non pochi rumori molesti nell'intero edificio ed il chiasso andava a disturbare le lezioni delle altre classi che erano costretti ad interromperle per uscire a vedere cosa stava accadendo, fin quando col tempo non ci si avvezzarono. Arrivare per ultimo, significava beccarsi sulla testa una pioggia collettiva di scapaccioni dai compagni di classe, usanza battezzata col nome di "conserva". Succedeva alle volte che c'era da riprendere le lezioni con qualche materia odiosa o con qualche professore irritante. In questo caso cambiavano le modalità di esecuzione della "conserva": se la beccava chi metteva per primo il piede in classe! Di questo modo ad arrivare in aula ci mettevano molto tempo, anche parecchi minuti che trascorrevano lentamente, a trascinare i piedi svogliati su per le scale con passo funereo e rassegnato. Trovavano il professore di turno che li attendeva preoccupato sull'uscio dell'aula. A questo punto era lui a sbraitare e fare casino per i corridoi della scuola, nel difficile tentativo di convincerli ad entrare in classe, disturbando le lezioni degli altri docenti. Una volta che uno di loro metteva inavvertitamente il piede al di là di quell'uscio, anche sotto costrizione, entravano tutti dentro come una placida mandria in ritiro nell'ovile, pregustando la conserva da eseguire più tardi sull'incauto, che aveva suo malgrado contravvenuto alla regola.

Quando una lezione era particolarmente noiosa, era d'uopo adagiarsi sui banchi lasciandosi coccolare dai caldi raggi del sole che intorpidivano piacevolmente la mente e gli arti. A distoglierli violentemente da questo torpore era sempre la stridula voce dell'insegnante di Italiano e Storia, che richiamandoli all'ordine, gliene diceva di tutti i colori invitandoli ad intraprendere la strada del lavoro, magari a zappare in campagna ed abbandonare quella dello studio. Per la maggior parte di loro effettivamente sarebbe stata cosa buona e giusta ma, visto l'andazzo collettivo, per il momento nessuno sentiva il bisogno di abbandonare quel posto, farcito per lo più di agi e lazzi gratuiti.

Arrivò il tempo di verifiche ed esami. Giudicare la classe era un disastro, anche perché il giudizio doveva essenzialmente essere espresso in maniera collettiva. Se c'erano da fare tagli, c'era da tagliarne una buona fetta e nessuno dei professori se la sentiva di ripetere insieme a loro un altro anno scolastico come quello appena trascorso. Fu deciso per il meglio: licenziarono tutti dalle scuole medie, lasciando ai loro colleghi delle scuole superiori l'arduo compito di sfoltimento delle mele marce. In un certo senso, la si poteva considerare come una vittoria collettiva, tutti per uno ed uno per tutti. Durante l'esame finale, Vito Zippo ebbe modo di studiare persino qualcosa. Zoppicando sul tema di Italiano passò al compito di Matematica ed a quello di Inglese che consegnò fuori tempo limite, sudando e imprecando, ma al fine il sei politico era già sotto il banco.

Al contrario, Sfascia si era rassegnato alla sua sorte che attendeva oramai con apatia e distacco. La mera notizia non tardò ad arrivare un caldo mattino di fine giugno. In Appia verde non era il solo ad aver usufruito della stessa sorte. Anche Simonetta doveva ripetere l'anno come Andrea. Lei veniva a trovare Teresa ogni giorno di mattina presto e alcune volte si tratteneva per il pranzo.

Sfascia restava quasi sempre nella sua stanza passando dal letto al divano e ogni giorno Simonetta lo raggiungeva nella sua camera sdraiandosi a fianco a lui. Nei primi giorni di questa nuova situazione, Sfascia pensava che lei lo raggiungesse solo per solidarietà, poiché entrambi condividevano il fato del loro fallimento scolastico. In verità la situazione si trasformò rapidamente in un flirt. Lei puntuale come un orologio svizzero lo andava a svegliare e dai timidi baci si passo a una più stretta intimità. La storia non durò molto.

Era il mese di giugno e l'estate iniziava a farsi sentire quando Sandro Gù si presentò alla soglia di casa Sfascia proponendo di andare a fare un giro in bici per vedere che fine aveva fatto Zippo del quale non si aveva alcuna notizia. Lo trovarono sotto casa mentre giocava a pallone libero e felice.

Erano appena trascorsi non pochi giorni dalla fine della scuola e già da tempo Vito e Massimo non avevano più notizie dei loro beniamini d'Appia verde, quando se li videro spuntare davanti a cavallo delle loro bici.
- "Che sorpresa Sandro! Beh? Come è andata?"
- "Promosso, promosso! Al secondo anno dell'istituto chimico industriale".
- "Io ce l'ho fatta per il rotto del culo, e tu André?"
Andrea con una faccia mesta, si limitò ad un sorriso strozzato spalancando le braccia. Pazienza! Ci disse.

Seppellite il mio cuore nelle verdi praterie dell'appia verde

Come regalo di promozione, la madre portò Zippo ed SM in pasticceria, concedendogli il piacere di esaudire un desiderio che avevano in serbo da sempre. Si riempirono di dolci e paste fresche d'ogni tipo fino a scoppiare, fino a quando la nausea non si impadronì di loro ad intimargli di distogliere lo sguardo su di quei vassoi invitanti, al di là di quella vetrata.

Era ormai tempo di sole e di bagni. Come vicissitudine di ogni anno, Zippo e famiglia si andavano a rinfrescare le membra al lido S. Anna, dove ci arrivavano puntuali ogni mattina prendendo la corriera numero quattro sbarrato delle otto e quarantacinque che passava vicino casa. Papà Totò non era ancora in ferie e quindi con la madre erano costretti ad affrontare quell'accalcarsi quotidiano di persone nella corriera per poi giungere, dopo un'ora buona di viaggio, al tanto sospirato lido per rinfrescarsi. Delle volte portavano con loro anche Sergio, col quale dividevano le pene di quella ressa. La madre affidava loro le cento lire per il biglietto da farsi a bordo e poi se la sbrogliavano da soli. Questo voleva dire che, approfittando della ressa, quelle cento lire venivano conservate nelle loro tasche ed accumulate nei giorni per approvvigionarsi di gelati e bibite al lido. Per sostenere tale progetto, era necessaria una buona dose di abilità nel dileguarsi dietro al fondo schiena delle persone che accalcavano l'autobus, rendendosi irreperibili alle ricerche del controllore, che loro chiamavamo "Mimino popò". (proprio quel famoso Mimino popò del fumetto di Zippo).

La mattina al mare ed il pomeriggio a giocare a pallone sotto casa.

L'Appia verde, dopo la dipartita di Andrea a Casalabate, era ripiombata in un nuovo periodo di silente attesa, di cui già se ne erano viste le caratteristiche l'anno prima. Vito ed SM cercavano di trascorre questo periodo come meglio potevano, in attesa di un progetto di vacanza dei genitori che da lì a breve, avrebbe preso il via.

In agosto infatti, l'intera famiglia di Totò presi armi e bagagli partì alla volta di S. Stefano di Cadore, un paesino montano dell'alto Veneto, dove avevano affittato un appartamento per tutto il mese. Il viaggio da Brindisi fu lunghetto, effettuato metà in treno e metà in auto. L'intera famiglia non si era mai spinta così lontano. Zippo invece, già nel mese di maggio era stato in Trentino con una gita scolastica per cinque giorni, dove tra l'altro vista la sua dannata avversione ai lunghi spostamenti in autobus aveva passato l'intero viaggio d'andata vomitando l'anima. Adesso aveva modo di ammirare le montagne per la seconda volta, ma visto il ricordo della prima, non ne era tanto entusiasta.

Era un mondo completamente diverso dal loro, pieno di spazi verdi molto curati a perdita d'occhio, c'erano un sacco di fiori raccolti in grandi e bellissimi vasi artigianali in legno e sopra i loro occhi ed ovunque giravamo lo sguardo, li sovrastavano immense catene di monti. Era il paradiso per chi cercava pace, tranquillità e refrigerio, ma non certo per dei ragazzi abituati alle strade della città di Brindisi ed alle sfrenate monellerie nel parco d'Appia verde.

A girare in quel paese pulito e composto Zippo ed SM si sentivamo dei marziani a tutti gli effetti, anche come lingua ed usi. Erano dei marziani anche a parere degli abitanti del posto, che li osservavano con distacco e malevolenza. Questo anche perché commettevano atti che in quel posto non erano concepiti, come spennare piante, urlare ed altre monellate del genere. Strinsero amicizia con dei ragazzi di Treviso che erano anche loro in villeggiatura, con i quali passavano la maggior parte del tempo a girovagare per le strade del paese e compiere qualche marachella. Poi c'erano le gite con la famiglia nei posti limitrofi, a scarpinare per sentieri di montagna, ad ammirare paesaggi suggestivi, vallate, laghi e allevamenti e grosse merde di vacca.

Queste meraviglie a Zippo ed SM per la verità infondevano poca emozione, l'unica preoccupazione una volta giunti in un paese, era quella di trovare un bar che avesse i videogiochi o un negozio che vendesse souvenir, gadget e giocattoli. Gabriellina invece, alle gite famigliari non partecipava mai, ribelle ed hippy come al solito (ed in quei tempi più che mai) preferiva rimanere in paese, dove aveva stretto amicizia con due sue coetanee rispettivamente di

Milano e Padova, ed altri ragazzi del luogo. In Veneto, manco a dirlo, c'era venuta di forza, costretta a questa avventura collettiva perché oltretutto non aveva l'età per rimanere tanto tempo a casa da sola.

Un giorno fecero amicizia con uno strano tipo del luogo, di cui Zippo rimase molto affascinato dal suo modo d'essere. Si chiamava Celestino, era di quattro anni più grande di lui ed in quanto a follia e stravaganza era un campione mai visto. Era quello che si può identificare, come lo "strano del paese", e la maniera di comportarsi, dava conferma a questa teoria. Una sera che furono ospiti in casa dei ragazzi di Treviso in un appartamento al piano terra, mentre erano tutti seduti intorno alla tavola che dava sulla finestra del cortile, furono investiti da una pioggia di brecciolino che travolse l'intera tavolata, alla quale erano presenti, oltre i genitori dei ragazzi, anche il padre di Celestino il quale tuonò contro il figlio che aveva riconosciuto al di là della finestra.

Celestino a quella maniera si era vendicato di un futile torto subito da parte di un ragazzo della tavolata. Ad aizzarlo era stato Vito Zippo tempo prima, spiegandogli con attenzione, tecnica e modalità di esecuzione, credendo che non avrebbe mai compiuto tale folle azione.
- "Non può essere. L'ha fatto davvero!" Rimuginava Zippo rimanendo
 davvero allibito quanto affascinato. Ai tanti rimbrotti che ebbe dal padre e dai malcapitati della tavolata, lui abbassò la testa e non pronunciò verbo. Zippo, parlandogli dell'accaduto in privato ebbe per lui note di biasimo mischiate a lodi di entusiasmo. lui rispose:
- "Hi! hi! hi! però l'ho colpito!!".

Ormai erano diventati ottimi amici, in Celestino scopriva delle doti simili alle sue, come una irragionevolezza che aveva latente da sempre, e lo seguiva in tutte le sue avventure e folli progetti. Una volta decisero di compiere di sera un sentiero difficile e pieno di pericoli e burroni che aggirava il paese, Zippo fu salvato dai suoi all'ultimo momento, mentre si stavamo già incamminando per il sentiero. Celestino entrò così a pieni voti in quella cerchia di personaggi ricalcati nei fumetti di Zippo, accanto a Mimino Popò, Peppino, Cicci e Parici.

I giorni ben presto diventarono monotoni ed il loro umore diveniva sempre più nero come i nuvoloni che spesso oscuravano quei luoghi. Cominciavano a soffrire di malinconia, un mese era lungo a passare ed i ricordi dell'Appia verde iniziavano a far visita nei loro sogni, in barba a quei paesaggi stupendi e desolati in cui non avevano modo di esprimere la loro irrequieta fantasia. Zippo ed SM giravamo per le vie del paese sempre più soli, abbandonati a nostalgici ricordi, a contare i giorni che li separavano dal ritorno in Appia verde. In paese ormai gran parte delle persone li conoscevano, guardandoli sempre con più distacco. Fu allora che sentirono per la prima volta la parola "terrone", la cosa per loro di sicuro non fu tanto piacevole. Invidiavano Andrea che in quel momento sicuramente era a spassarsela per le dune di Casalabate.

In effetti Sfascia se la passava bene ed aveva ripreso la baldanza di un tempo dopo i tristi fatti dei mesi precedenti. Quell'estate altre case erano sbucate come funghi nella sua strada.

Con Arianna ed Elisabetta conosciute già in precedenza, insieme a Terry e le cugine Genovesi Simona Stefy e Sara, si andava a costruire una compagnia luminosa e spensierata. La famiglia del cugino Rino aveva da poco acquistato una casa al mare nei pressi di Casalabate, in quel di Lendinuso e spesso era della partita. Così come l'altro cugino Alfredo, compagno delle vicissitudini brindisine alle Sciabiche che gli era rimasto fedele era spesso a trovarlo per delle scorrazzate in spiaggia e fra le dune in comitiva con le ragazze. Una buona relazione si installò fra Sfascia e Arianna che era di un anno più piccola, Il filling montava bene ma restò sempre una storia platonica anche se erano fin troppo affiatati.

Intanto fra i monti del Cadore Zippo e SM cominciavano a odiare quel posto paradisiaco e troppo tranquillo. Sentirono per la prima volta quanto mai nei loro cuori l'amor patrio per l'Appia verde, così lontana da dove erano adesso. Durante una passeggiata, dalla giacca di uno di loro si sfilò un bottone che andò a rotolare sul ciottolato di un ponte che dava sul fiume del paese. Quel bottone che li aveva accompagnati estate e inverno nel sole del parco dell'Appia verde. Lo raccolsero con rammarico. Non volevano abbandonare niente in quel posto, giurando a loro stessi che lo avrebbero lasciato soltanto una volta tornati nelle verdi praterie dell'Appia verde, dov'era sepolto il loro cuore.

Passione da fiamma

Bene o male quella triste odissea ebbe finalmente il suo epilogo e tornarono a scorrazzare liberi e felici per le praterie della loro Appia verde assieme al Cavallo, ad Andrea Sfascia sghea, a Sandro Gù ed a tutti gli altri. Ebbero solo il tempo di riprendersi da quella brutta avventura che già incalzava il tempo di scuola.

Facendo luogo alle sue espressioni creative ed ambizioni future, Vito ebbe modo tempo prima, di iscriversi all'istituto tecnico statale per geometri. Era per lui un grosso impegno da portare avanti ora che iniziavo le scuole superiori. Sfascia doveva aspettare ancora un anno prima di prendere la strada intrapresa da Zippo, lui aveva scelto lo stesso istituto da parecchi anni, da quando vedeva suo Zio di Genova disegnare i progetti e specialmente quando si mise all'opera sul progetto della loro casa di Casalabate.

L'istituto tecnico statale per geometri era sito nel quartiere Casale, molto lontano da casa. Per arrivarci doveva prendere la corriera numero quattro, la stessa che tempo prima lo portava al mare. Stipulò un abbonamento mensile con la società dei trasporti pubblici cittadina, felice di avvicinarsi sempre più al mitologico personaggio dei suoi fumetti: "Mimino Popò".

A fargli da compagno di classe a questa avventura, c'era un vecchio amico delle medie, col quale aveva condiviso le glorie dei tempi passati: Massimo D. detto Muccy. Insieme quella mattina alle sette e mezzo circa, datisi appuntamento alla fermata del bus, si apprestarono a prendere il mezzo che li avrebbe condotti all'istituto per geometri per intraprendere il loro primo giorno di scuola superiore.

Una volta varcata la soia di quella scuola, entrarono a far parte di un mondo completamente diverso. Fra loro ed i ragazzi dell'ultimo anno c'era un salto di qualche generazione, senza contare i ripetenti che sorpassavano anche i vent'anni d'età. Era ovvio quindi che si respirava un'aria culturalmente più sofisticata di quella delle scuole medie, dove erano abituati a detenere un primato quanto meno d'età se non d'espressione. Per le matricole del primo anno (anzi, del primo giorno), ambire ad arrivare dove era il posto dei veterani di quella scuola era un sogno sublime e irraggiungibile da osservare dal basso dei loro quattordici anni, con compiaciuta benevolenza ed ammirazione.

E poi c'erano gli scioperi, le contestazioni, le assemblee plenarie e quelle di classe, dove per altro c'era da sceglierne un rappresentante. Tutta roba nuova che fino a quel momento avevano solo ascoltato in casa dai bollettini che facevano le loro sorelle maggiori (guarda caso anche loro erano nella stessa classe), e che ora erano lì a verificare di persona. L'unica cosa che restava uguale era l'intervallo, dove approfittavano a girovagare qua e là, un po' smarriti ed allibiti come del resto lo erano i loro compagni di classe, alla ricerca famelica di relazioni da stringere con qualcuno. Molti di questi provenivano da paesi di provincia, anche lontani da Brindisi; questa era un'altra novità.

L'intervallo, nei primi giorni di scuola, era per tutti occasione di ricerca, scambio e compravendita di libri di testo usati. Ogni ragazzo si recava nelle classi superiori, per contattare un venditore in grado di soddisfare questa richiesta e viceversa. Anche Vito Zippo naturalmente si adoperò a questa operazione trovandola piacevole e stimolante. Sui soldi che la madre gli dava per comperare i libri imparò presto a fare la cresta; quello fu un periodo florido per le sue finanze che adoperava per esaudire qualche vizio. Ne aveva uno in particolare in quel tempo: i videogiochi!

Ogni volta che usciva prima da scuola o che c'era uno sciopero, si fiondava come un falco dentro la sala giochi più importate e più grande della città e quivi trascorreva qualche oretta, trastullandosi con quelle macchine da videogame in compagnia di perditempo suo pari. La passione per quelle macchine nasceva qualche tempo prima.

Fu introdotto in questo mondo virtuale all'età di undici anni da un compagno di scuola dell'epoca durante una passeggiata pomeridiana in periferia. Entrarono in un lugubre stanzone in penombra dove su ogni lato erano sistemate una accanto all'altra quelle macchine diaboliche che attiravano i presenti con la faccia incollata al video. Era la prima volta in vita sua che assisteva ad uno spettacolo del genere. Ognuna di quelle macchine infernali emanava dallo schermo luci, colori e suoni diversi dalle altre; era la prima generazione dei videogame. Occuparono una postazione ed infilarono dentro un gettone (all'epoca del valore di cinquanta o cento lire) poi schiacciarono un pulsante verde che dava l'avvio alla partita. Subito lo schermo si andava a riempire di una miriade di astronavi che scendevano giù a passo cadenzato di una musichetta di sottofondo. Quale meraviglia per Zippo che appariva per la prima volta davanti ai suoi occhi! Mentre lui sparava a quelle cose pigiando con emozione un pulsante a ripetizione, il suo amico pigiandone altri due spostava il loro carro virtuale a destra e a sinistra a schivare i colpi, nascondendosi dietro a delle verdi barriere che man mano andavano in frantumi. Era SPACE INVADERS, un gioco che stava segnando un'epoca.

Quel giorno sancì il connubio perenne tra lui ed i video giochi, protratto nel tempo a sacrificare monete e monete a quelle macchine. In quel locale ci tornò ancora, portando suo fratello, Sergio e altra gente ed a volte ci anda anche da solo. Uscirono degli altri giochi nuovi, a soppiantare ed a modernizzare quelli già esistenti, molti dei quali sempre a tema di invasioni extraterrestre. C'era l'ASTRO FIGHTER, dove si dovevano passare quattro round con astronavi di diverso tipo, per poi giungere a confrontarsi col gigantesco mostro e colpirlo nell'occhio per farlo esplodere; c'era il bellissimo ASTEROCKS, dove su uno schermo nero un triangolino luminoso posto nel centro sparava a degli asteroidi in movimento.

Passavano gli anni ed aumentava la tecnologia e la struttura di quei giochi, facendo aumentare le proselite di giovani seguaci all'inverosimile.

Un giorno, passeggiando di sera tra le vie del centro scoprì il paradiso; una sala giochi in via d'espansione che ancora non conosceva di fianco ad un noto bar: il FIAMMA. Si addentrò curioso nella sala con stupore e crescente meraviglia. Voltandosi a sinistra notò fra le varie macchine scintillare l'Astro fighter con lo schermo in alto, affiancato da molte altre meraviglie del genere e nuovi giochi da provare. Era tardi, il locale era quasi completamente vuoto e tutto per lui. Lapidò in breve tempo tutte le sue sostanze ammontanti a lire duemila (che all'epoca era una cifra astronomica). L'anziano proprietario del locale continuava ad esortarlo, vista la giovane età, ad andare via perché quel luogo non era per lui. In effetti il locale continuava con un'altra sala dove un cartello precludeva l'entrata ai minorenni. Ospitava dei tavoli da biliardo che ben presto sarebbero stati soppiantati da altri videogiochi, a seguire la crescente tendenza giovanile.

Così il Fiamma diventò ben presto luogo di culto anche per ragazzini di giovane età che la sua fama richiamava da ogni parte della città e provincia ed era qui che, tornando ai racconti dei giorni nostri, Zippo continuava a lapidare i soldi usciti fuori dalla cresta sull'acquisto dei libri di testo. Si sentiva un po' Pinocchio che vendeva l'abbecedario per vedere lo spettacolo dei burattini. Ormai quel vizio lo aveva portato inesorabilmente a trafugare anche di nascosto soldi dalla tasca dei genitori e dai risparmi di sua sorella Gabriellina. Scoperto in flagrante con le mani nella marmellata, un giorno dovette confessare la tresca in lacrime, rendendosi conto del suo stato di assuefazione, giurò che non vi ci avrebbe messo più piede in quelle sale, almeno per qualche tempo.

Tra l'altro e per fortuna, cominciava a nascere in lui una nuova stimolante e sana passione, quella per la musica dove concentrò tutti i suoi sforzi finanziari nel tempo a venire.

Ricordando la sera del 23 novembre

Era una domenica sera qualunque di un giorno di novembre. Una di quelle domeniche tranquille passate in compagnia ad aspettare la nuova settimana di scuola in arrivo, davanti al televisore di casa o a fare quattro chiacchiere con gli amici, discorrendo del più e del meno.
Quella sera Zippo si trovava in casa Sfascia in compagnia di Sandro Gù ed SM. Il padrone di casa per ingannare il tempo aveva indetto un torneo di scacchi. I genitori di Andrea erano fuori sede e loro si erano accomodati in cucina dove sul tavolo avevano approntato il tutto per la sfida. Era un torneo ad eliminazione diretta con finalissima. Zippo ed SM furono eliminati allo scontro diretto dai loro avversari, i quali andavano così ad apprestarsi a disputare la finale. Per ingannare il tempo SM si era messo a leggere un giornalino di Topolino, mentre Zippo accendeva la tele per vedere una sintesi dell'incontro di calcio tra Juventus ed Inter, giocata qualche ora prima. In quel momento, l'orologio segnava le sette e trentacinque.

Ricordo di Sandro Gù:
- "Avevo eliminato Zippo come avversario diretto ed adesso, mi apprestavo ad affrontare Andrea per aggiudicarmi la finale. Eravamo uno di fronte all'altro,

tutti e due molto tesi. Una volta sistemati i pezzi sulla scacchiera vedevo il tavolo muoversi. Era Andrea che nervosamente batteva il piede sulla gamba del tavolo; gli intimavo di smetterla. Toccava ad Andrea muovere per primo i pezzi; una volta posato un pedone in avanti sulla scacchiera, la tavola riprendeva a traballare. Gli chiedevo di finirla con quel piede, ma lui guardandomi sbalordito ed alzando le braccia mi annunciava che non era stato lui. Poi tutto prendeva a muoversi in maniera strana; le pedine rovinarono tutte sulla scacchiera al ritmo di una danza catastrofica. Guardai negli occhi Andrea e realizzammo quello che stava succedendo. Corsi verso la porta di casa ed imbroccai in tutta fretta la via delle scale. Mi ritrovai sotto l'androne del portone del palazzo ancora sbigottito e confuso; la terra intanto continuava a tremare!"

Ricordo di SM:
- "Ero alle prese con il mio hobby preferito: leggere i giornalini di Topolino. Ero immerso e concentrato nella lettura di una storia degli abitanti di Paperopoli, quando ad un tratto zio Paperone prendeva inspiegabilmente a tremare. Con non curanza voltavo pagina e mi accorgevo che a tremare adesso erano anche le mie mani, poi tutto il corpo. Quando per il mal di testa alzavo gli occhi al cielo staccandoli svogliatamente dall'albo, notavo che ero l'unico rimasto seduto con le gambe a cavalcioni e che gli altri fuggivano spasmodicamente verso la porta. Capii che non era il caso di sapere come andava a finire la storia di zio Paperone e mi buttai a perdifiato dietro di loro. La cosa che mi colpii più di tutto fu che nonostante io scendessi le scale a quattro

a quattro, quel ciccione di Sandro Gù era sempre avanti a me!"
Ricordo di Zippo:
- "Mi avevano inesorabilmente buttato fuori dai giochi. Speravo di arrivare in finale ma Sandro mi aveva sconfitto; per questo mi rodevano le budella. Accendevo svogliatamente la televisione per distrarmi. Quella finale di scacchi non volevo neanche guardarla. Sulla Rai davano in differita la partita di calcio della Juve contro l'Inter, la mia squadra preferita. Sentivo Gù e Sfascia sfottermi e ridere di me, io non ci badavo, tentavo di concentrarmi a guardare la televisione, anche se non avevo gli occhiali. Ad un certo punto nelle file dell'Inter c'era una sostituzione. Mi sforzavo a vedere chi fosse, ma la televisione ballava di fronte a me e la mia testa ballava con lei. Mi giravo verso SM e lui ballava sulla sedia con il giornalino in mano. Gli altri avevano abbandonato la partita e gli scacchi rotolavano giù dalla scacchiera. Nei vaghi ricordi ancora impressi nella mente, vedevo la gente venir fuori dalle porte ed unirsi nella nostra precipitosa corsa sulle scale verso il portone che ci avrebbe liberato da quella trappola!"

Ricordo di Sfascia:
- "Quella mattina non era come tutti gli altri giorni, l'atmosfera era strana: nessun canto d'uccelli, i gatti del Cavallo Billy e Patatina che generalmente gironzolavano sul parco non si facevano vedere. Anche il mio gatto faceva cose strane: si postava davanti alla porta d'ingresso e miagolava grattando per poter uscire. La sera venuta ci siamo riuniti in casa per un torneo di scacchi.

C'era Sandro Gù tutto contento e divertito che montava i pezzi sulla scacchiera per la sfida finale. Alle sue spalle Zippo mugugnava in silenzio ed accendeva la televisione, sforzando al suo solito gli occhi perché è cieco come una talpa ed è pure senza occhiali. SM ormai si era estraniato del tutto; dagli un giornalino e lo porti in paradiso. Sandro Gù continuava a ridere cercando di innervosirmi, ma non ci riusciva. Io mi concentravo per la mia prima mossa ma Sandro Gù continuava a rompere prendendosela col mio piede; là per là pensai di tirargli un calcio.

Sandro Gù si decise ad aprire il gioco con la mossa di un pedone. Allora per vendicarmi mossi la tavola e gli scacchi caddero a destra e a sinistra. Si rimise tutto in ordine ma per fare diserzione rinnovai l'accaduto finché alla fine pensai: va bene, questa volta si fa sul serio.

Quando la scacchiera prese a muoversi nuovamente pensavo di aver dato troppo brio alla mia mossa. L'anta dello stipo che sbatteva, Zippo che si muoveva a ritmo con la tv, SM che girava una pagina tremando, il lampadario che ballava, Sandro Gù che diceva: "spicciala André" in dialetto brindisino. Alzai gli occhi sul lampadario e dissi: PORCA PUTTANA! IL TERREMOTO!! Solo un attimo per avvertire mia sorella Teresa di là nella sua stanza e poi giù per le scale come un fulmine, Scendemmo tutti la scalinata facendo balzi da un pianerottolo a l'altro e quasi arrivato a pian terreno mi ricordai di aver dimenticato di d'avvertire mia sorella più piccola Daniela che era rimasta in camera. Allora risalii di nuovo le scale a quattro a quattro per portarla giù. In strada la gente si agitava, io cercavo di ricordare se avessi preso le chiavi di casa e chiusa la porta. PORCA PUTTANA!"

Questi, i ricordi frammentari impressi nella mente di ognuno in quella dannata domenica d'autunno. Il terremoto! I pezzi della scacchiera che cadevano giù come le tremila vittime in trecento paesi danneggiati o completamente rasi al suolo in Irpinia, così in pochi minuti, in una serata apparentemente tranquilla di novembre. Il resto è cronaca.

Arrivano i Doors

C'era da ringraziare Gabriellina se Zippo aveva avuto un decente quanto florido bagaglio culturale musicale. La sua rabbia, le sue espressioni di cultura underground miscelate allo stesso tempo a concetti di vita utopistica legate ai modelli contestatari più oltraggiosi della fine degli anni Settanta, avevano fatto le sue eco ormai da qualche tempo in casa Zippo, insieme ad una musica aggressiva e rumorosa ascoltata a volumi esagerati importata da quella cultura tramite dei suoi amici che le prestavano questi dischi. Il salotto di casa che ospitava lo stereo con delle casse alloggiate nei vani superiori della libreria ne era la fucina. Lei si chiudeva in questa sala di tortura, che papà Totò ribattezzò presto "camera a fumo" ricordando i lager di sterminio nazisti. Lei dava il via all'ascolto in solitario a contatto con la sua dimensione ed alla musica rock, riempiendo e demonizzando quell'ambiente, dove una volta primeggiava la musica classica e quella leggera dei soliti dischi che giravano per casa. Dapprima Zippo rimaneva concorde col pensiero dei genitori che la ritenevano invasata e in tutte le maniere cercavano di esorcizzarla verso un ritmo di vita più consono ai modelli standard di ragazza "per bene". Con SM erano sempre lì a stuzzicarla ed a molestare le sue lunghe meditazioni nella "camera a fumo" ed a prendere in giro i suoi idoli, poi quel ritmo di vita ribelle di cui lei ne era profondamente farcita cominciò ad incuriosire Vito e col tempo anche ad entusiasmarlo, fino ad iniziare a seguire le sue orme. Cominciò a procedere all'ascolto dei suoi dischi, così come aveva fatto in precedenza con Fabrizio De Andrè, scoprendo una nuova dimensione musicale.

Tempo prima, le note di un long playing dei Pink Floyd che passivamente così come il resto della famiglia, era costretto ad ascoltare di continuo, avevano particolarmente colpito il suo interesse, tanto che prese ad alternarlo all'ascolto di quella che era la sua musica del momento. Era "The dark side of the moon" dei Pink Floyd, album che nel Natale del 1979 si fece regalare dai genitori col beneplacito e benedizione di sua sorella. A quel tempo i Pink Floyd scalavano le classifiche mondiali con il singolo: "Another brick in the wall", commercializzato all'estremo e per questo disprezzato da Gabriellina che lo considerava fuori dai canoni della musica rock trasgressiva.

Poi dalla "camera a fumo" vennero fuori altre melodie ancora. Era la volta di un long playing dei King Crimson: "In the court of the crimson king", di cui a differenza della prima traccia, un insieme variegato di suoni schizoidi a velocità crescenti che mandavano in delirio tutta casa, il resto dell'album era composto da pezzi orecchiabili e melodiosi. I testi erano veri e propri versi poetici di cui Zippo ebbe una pronta traduzione dall'inglese da Gabriellina. L'album era di un suo amico che glielo aveva prestato per qualche settimana. Quando glielo rese indietro Zippo si convinse ad acquistarne una copia personale; era il luglio del 1980, proprio qualche giorno prima di partire per il veneto.

Il connubio definitivo fra Zippo e la musica rock fu sancito al momento dell'ascolto di un gruppo americano a quattro elementi, il cui leader e cantante aveva un carisma fuori del comune. Lina, come molte delle ragazze della sua età, aveva preso una sbandata micidiale per questo tipo e riempiva le pagine del suo diario scrivendo in tutte le maniere il suo nome e quello del gruppo. Era tanta questa infatuazione che incuriosì anche Zippo. Questo gruppo che tradotto in italiano significava banalmente: "le porte" o "porte della percezione" riempiva ora la sua vita di un nuovo significato; un misto di esaltazione della bellezza, perdizione, gusto per gli eccessi, follia e mistero e insieme rock e blues. Queste erano le risposte che sentiva quando le chiedeva chi fossero questi "DOORS".

Era il maggio di quell'anno quando un disco di questo gruppo arrivò in casa, come al solito frutto di un prestito usufruito da qualche suo amico. Zippo ne aveva sentito così tanto parlare che la curiosità lo portò ad ascoltarlo immediatamente. Era domenica mattina, fuori pioveva e papà Totò continuava ad esortare il figlio ad andare sotto la doccia che si faceva tardi e bisognava pranzare. Lui era stravaccato sul divano del salotto (la camera a fumo) con "Morrison hotel" dei Doors fra le mani. Mise il disco sullo stereo puntando il pezzo numero due e preparandosi all'ascolto, mentre osservava in copertina la faccia di quei fantomatici capelloni. La musica era diversa dagli altri dischi che aveva finora ascoltato, e la melodia lo trasportava pian piano in quella giornata piovosa per un sentiero che non avrebbe più abbandonato. Sotto la doccia che si accinse a fare poco dopo controvoglia (come tutte le volte), risuonavano nella sua testa le note del disco ascoltato poco prima tanto da spingerlo, una volta finito con i lavacri, a metterlo di nuovo sul piatto dello stereo. Dopo pranzo, la camera a fumo era di nuovo sua e sue erano quelle immagini di pioggia che scorrevano fuori dai vetri della stanza alle note di "Blue sunday", "Peace frog" e "Waiting for the sun"; brani della prima facciata di "Morrison hotel", album che prese a consumare da lì fin quando il legittimo proprietario non si decise a recuperarlo.

Frattanto la passione per i DOORS cominciava la sua rapida ascesa sulla hit del gradimento musicale, tanto da progettare di impegnare e concentrare i futuri sforzi economici suoi e di Gabriellina nell'acquisto dell'intera discografia del gruppo. Col tempo si adoperò affinché tale passione si diffondesse come un virus tra tutti i suoi conoscenti. Il primo ad esserne assorbito naturalmente fu Sfascia.

Un pomeriggio di giugno di quell'anno (siamo nel 1980), durante il viaggio dall'Appia verde verso casa, in compagnia del cugino, uscì il discorso sulla musica. Sfascia gli confessò che era una materia sulla quale non aveva un particolare interesse, tanto meno per quella commerciale. Nell'imbastire il discorso sui Doors, Zippo iniziò a parlargli di come quella musica aveva una certa attinenza coi canti dei pirati (?!?), visto che era il suo campo preferito. Si espresse con tali toni di esaltazione verso quel genere musicale, da stuzzicare l'interesse di Sfascia nell'ascoltare quanto gli proponeva. La cosa andò in porto. La voce cupa e imponente di Jim Morrison ed il modo di fare musica dei Doors coinvolse anche lui, e di questo Zippo ne era stato sempre sicuro.

Al ritorno del viaggio dalle montagne del veneto, Gabriellina provvide a farsi prestare due altri long playing dei Doors dai suoi amici. Si trattava del primo album (anonimo) della band ed il terzo (Waiting for the sun). Le aspettative non furono tradite e Vito ebbe modo di imparare altri brani fantastici dei Doors. Inoltre, Gabriellina ebbe in prestito (e questa volta mai restituito), un libro dedicato a tre grandi scomparsi della musica rock: Jim Morrison, Jimi Hendrix e Janis Joplin. Il libro, "Morire di musica" era correlato, oltre a fotografie, discografie e testi dei brani più significativi, ad ampi spazi dedicati ad ognuno dei tre artisti, decantandone vita morte e miracoli. Ebbero così modo di iniziare a conoscere meglio la storia del loro nuovo eroe, e quanto questa fosse zeppa di peripezie, atti inconsulti, sconvolgimenti vari e strani aneddoti farciti di pazzie e logoramenti. Naturalmente il tutto Zippo lo metteva anche a disposizione di Andrea che ne fece subito delle fotocopie personali.

Quel libro diventò presto la loro bibbia!

RISIKO!

Il 1980, a quanto pare era stato un anno di novità, lasciando un'impronta significativa e delle solide fondamenta a tutto quello che sarà il carattere degli anni a venire all'interno dell'Appia verde.

Adesso il nuovo anno bussava alle porte con in bocca un'altra importante freschezza destinata a rimanere per sempre scolpita negli annali dell'Appia verde, e la portava sotto forma di pacco-dono natalizio.

Come regalo di Natale infatti, Sfascia aveva ricevuto un prestigiosissimo gioco da tavolo di strategia che proprio in quegli anni cominciava ad avere il suo "boom" in tutta Italia: il Risiko!

Di questo gioco già avevamo avuto modo e luogo di parlarne qualche tempo prima all'epoca di "Pizza in piedi". Adesso che Sfascia lo riportava alla luce, avremo modo di parlarne in maniera più approfondita nel corso della nostra storia. Quando Zippo e SM furono invitati in casa Sfascia con Sandro Gù per delle formali partite di rodaggio a Risiko, si intuì subito che quel tabellone li avrebbe incollati a lui inesorabilmente in maniera perenne come nella tela del ragno.

I pomeriggi a venire del sabato e della domenica, erano ormai appannaggio di sacrali sfide di Risiko, risolte sul pavimento della cameretta di Andrea o sul tavolo della cucina. Il numero dei giocatori partiva da un minimo di tre elementi fino ad un massimo di sei, secondo l'affluenza di gente che c'era in casa Sfascia. Questo li teneva incollati e concentrati per almeno qualche ora, poi essendo un gioco ad eliminazione, gli sconfitti abbandonavano pian piano il luogo di sfida per recarsi mesti e sconsolati dabbasso, sul parco con il pallone (e Zippo era di solito uno di questi), nell'attesa che gli altri terminassero la sfida per procedere a completare la giornata (sempre se ce ne fosse stato il tempo), con un'abituale partita di calcio ad ostacoli.

La morbosità di Zippo verso quel gioco era tanta che in casa aveva costruito un Risiko "fai da te", con tanto di tabellone di carta e carri armati in cartoncino duro, usando colori a tempera e tanta fantasia. Al solito tabellone ufficiale raffigurante la mappa del mondo, come variante vi ci aveva disegnato la planimetria di casa sua, usando le stanze come fossero stati da attaccare, applicando le stesse regole del gioco vero. Venne un lavoro abbastanza originale da contrapporre come variante al gioco. Qui sfidava SM e/o Sergio in appassionanti partite durante la settimana in attesa del sabato, dove partivano entusiasmati verso l'Appia verde impazienti di iniziare una vera e nuova gara al Risiko di Sfascia.

Col tempo impararono l'esatta ubicazione degli stati sulla mappa e tutti gli obiettivi a memoria, affinarono con l'esperienza le loro tattiche bellicose ed il gioco arrivava a durare anche diverse ore. Questo li teneva incollati più che mai in casa a discapito delle vecchie partite di pallone rompi-ossa sul parco dell'Appia verde. L'attrazione suscitata dallo svolgimento di questo gioco, portò il fantasioso Zippo a preparare un quaderno che si portava ogni volta dietro da casa, dove su ogni pagina disegnava la mappa del mondo con gli stati del Risiko. Ogni tre turni di gioco si impegnava a redigere su questo quaderno, con l'aiuto di matite colorate, lo "status quo" della partita, in modo da avere tutte le volte, sott'occhio l'andamento della sfida e le varie evoluzioni di gioco (un lavoro da matti!).

Ognuno aveva il proprio colore preferito con cui giocare. Quello di Zippo era il blu, Sfascia tendeva ad adottare il verde, Gù il rosso eccetera. Sfascia era quello che deteneva il primato del numero delle vincite. A quel gioco era una bestia nera, e la fortuna lo accompagnava di molto. Affermavano persino che riusciva a fare dodici con un dado solo!

La legenda del dodici con un solo dado fu confermata da Rino quando il mal capitato dovette affrontare Sfascia che aveva lasciato uno stato con solamente una armata in presidio (per chi conosce le regole del gioco poteva difendersi solamente con un solo dado), mentre Rino con una superiorità di armate (più o meno una trentina) poteva attaccare lo stato con il lancio di tre dadi contro uno.

Sfascia aveva poca chance, Rino era invece su di giri ed iniziò ad attaccare con foga.

- "Tiè!" gridò Sfascia sfoderando un bel sei al primo attacco di Rino.
Il povero malcapitato ci rimase male ma non demorse e perpetuò l'attacco.

- "Tiè! Tiè! Tiè" Continuava Sfascia facendo piovere i suoi sei in una
sequenza fortunata che aveva un qualcosa di soprannaturale, mentre i carrarmati di Rino cominciavano a volare via dal tabellone uno dopo l'altro finché non perse tutte le sue armate. L'evento interessò tutti quanti, anche coloro che oramai erano fuori gioco, chi divertito, chi perplesso.

- "Andrè! ...e che culo però!!" Rino intanto, rosso nel volto, continuava a far rollare nel pugno della mano i suoi maledetti dadi vedendo le sue armate sciogliersi una ad una come la neve sotto il sole. Il turno durò così tanto che al principio pareva cosa facile, ma così non fu. Il povero Rino si rovinò completamente sul quel miserabile stato difeso solamente da una armata, dopo di che si suicidò attaccando a "muzzo" tutti gli stati appartenenti a Sfascia.
- "Attacoooo.... la kamchatca!"
- "Attaccooo...il Quebec! La Cina! La Nuova Zelanda!"
Ma il risultato era sempre lo stesso (dodici con un dado!!).

La frase alla fine del massacro fu: "Non posso più attaccare! He he he he". Questa frase risonò ancora e ancora durante le innumerevoli partite giocate a posteriori quando uno perdeva tutte le sue armate in catastrofici attacchi.

Delle volte quando per il troppo giocare saliva la nausea a più di qualcuno (e quando non era Andrea a vincere), con il tacito accordo di una strizzata d'occhio, Sfascia aveva la barbara usanza di chiudere di scatto come un libro, il tabellone del Risiko sotto il muso del malcapitato di turno che magari stava vincendo per la prima volta dopo tanto tempo: ne veniva fuori un bel minestrone di colori e qualche sonora e rozza bestemmia. Poi ognuno raccoglieva i propri pezzi in ritirato silenzio; c'era chi se la rideva sotto i baffi, chi lanciava occhiate mortali e chi come Sfascia dichiarava:

- "Beh? E adesso che si fa?"
- "Te ne vai a fanculo, te ne vai!" mormorava chi poco prima aveva la
partita in mano.

- "Ma dai!... vedrai che vincerai tu domani!". Se la ridacchiava Gù.

Gli altri già pensavano alle formazioni delle s(g)uadre da effettuare per una rinfrancante partita di calcio a ostacoli giù nel parco. Il risiko veniva riposto con cura.

Poi mentre tutti si precipitavano per le scale alla volta del parco, qualcuno sconsolato e afflitto rimuginava nei suoi pensieri:

- "Alla prossima partita vedrete, non mi impietosirò più per nessuno, attacco tutti, attacco! …...Bastardi!!!".

Angosce ed amarezze scolastiche

I tempi spensierati delle allegre partenze per l'Appia verde con la bici (il famoso carriol-man), delle sfrenate partite di calcetto sul parco e delle altre birbonate, conobbero tempi bui. Tolto lo svago festivo delle partite di Risiko e di calcetto, il resto della settimana era dedicato all'adempimento degli obblighi scolastici, specialmente Zippo, avendo preso un impegno serio di studio frequentando l'istituto tecnico per geometri.
L'ampliamento del programma scolastico, differente da quello delle scuole medie, prevedeva l'introduzione di alcune nuove materie, come la chimica e la fisica, ed un impegno totale molto più sostanzioso fatto di sacrifici, ore di studio e concentrazione. Adesso che i suoi sogni andavano a cozzarsi con la realtà, si accorgeva quanto questa richiesta non fosse compensata dalla sua offerta in termini di applicazione.

Dopo gli scarsi risultati ottenuti nel primo quadrimestre, era costretto ad impegnarsi di più per non rischiare di perdere l'anno. Molti insegnanti lo avevano già preso di mira, come la prof. di Italiano, il prof. di Matematica e quello di Scienze e Geografia, costringendolo ad un'attenzione più rigida in classe ed una verifica costante fatta di interrogazioni e controllo di lavori fatti a casa. Gli altri insegnanti, pur non brillando per niente nelle loro materie, avevano già deciso da un pezzo di lasciarlo cuocere nel suo brodo, così come per gli altri studenti svogliati della sua classe.

C'era poi il prof. di Disegno che era anche manesco di brutto ed aveva la barbara usanza di mettere in riga i suoi allievi a suon di schiaffi.

Il lunedì ed il giovedì Zippo andava a scuola con angoscia e con malavoglia di più degli altri giorni, questo perché alle prime ore c'era quel professore manesco che non tollerava errori sui lavori, e quando non era sicuro delle tavole da disegno preparate come compito, marinava la scuola tornando a casa con la scusa di scioperi inesistenti o vagava per la città con qualche complice per tutta la giornata in attesa dell'ora di pranzo per rincasare.

Organizzava anche o prendeva parte a dei meeting di studio con i compagni di classe (generalmente con quelli della sua degradata situazione), ma ciò non dava frutti e le riunioni finivano spesso in svaghi e perdite di tempo all'insegna della strafottenza totale.

Il compagno ideale con cui si riuniva era Muccy il quale, oltre ad essere compagno di banco era anche amico di vecchia data. Muccy era stato compagno di scuola alle medie ed insieme dividevano parecchie cose. Entrambi venivano dalla vecchia realtà di quelle scuole rimpiangendo quei bei tempi spensierati ormai lontani. Ricordavano i vecchi fumetti ed i personaggi di fantasia che riempivano le strisce di Zippo, lasciandoli viaggiare in vecchi ricordi di malinconia. Il fatto di non essere stati abituati a studiare in passato, adesso lo sentivano sulla loro pelle. Quel poco che riuscivano ad apprendere a scuola non lo mettevano a frutto perché, avvezzi alle cattive abitudini che avevano nelle scuole medie, a casa non aprivano alcun libro, studiando solo sui pochi appunti a loro disposizione presi frettolosamente in classe. Questo si ripercuoteva in maniera catastrofica sui compiti in classe e sulle interrogazioni che andavano a sostenere nei giorni a venire, affidandosi spesso nelle mani del "Signore" ed alla loro buona stella!

Zippo e Muccy sedevamo insieme ai penultimi banchi, sempre a nascondersi dietro ai compagni quando i professori interrogavano, oppure a discutere tranquillamente di fatti loro quando questi spiegavano la lezione. Delle volte venivamo ripresi, chiedendo ad uno di loro di ripetere ciò che avevano spiegato in quel momento, per vedere se eravamo stati attenti, oppure gli formulavano qualche domanda sulla lezione in corso. In tutti e due i casi facevano scena muta ed arrossivano in volto non sapendo che pesci prendere, quasi la lezione fosse in arabo e non in italiano.

Il fine settimana, Muccy andava a Taviano, un paesino del basso Leccese. Il sabato, finita scuola lui prendeva il treno oppure arrivava in quei luoghi a passaggi; tornava poi a Brindisi la domenica sera con qualcuno della famiglia. A Taviano Muccy aveva i parenti e parecchi amici coi quali si divertiva a scorrazzare in giro in quei posti in cerca d'avventure. Quando il lunedì rientrava a scuola, raccontava a Zippo le sue peripezie con grande foga.

L'unica materia in cui Zippo e Muccy si applicavano veramente era il disegno tecnico, un po' per passione ed un po' per ovvi motivi (i manrovesci dell'insegnante). Questa non richiedeva appunto uno studio sui libri di testo e lasciava a loro la creatività tecnico-manuale, impegnando solo costanza e dedizione. A questa sacrificavano parecchie ore del loro tempo e si riunivano spesso a casa di Muccy per effettuare difficili tavole, proiezioni ortogonali di figure piane e tridimensionali; ma ciò non bastava. Pur strappando una tenue sufficienza in disegno (ai limiti della mediocrità), con sacrifici e forti ceffoni, nelle altre materie era il buio più totale (o il rosso dei voti bassi messi a penna sul registro).

Quando la madre di Zippo si recava a colloquio con i docenti, affermava metaforicamente di andare a cogliere "fiori"; ma diceva, di prenderli tutti dritti in faccia, scagliati con violenza dalle cocenti parole degli insegnanti!

Sfascia intanto era molto più tranquillo. Non ebbe problemi a scuola e quell'anno fu per lui una vera passeggiata. Durante la settimana in attesa del sabato frequentava i compagni di classe, specie i ripetenti come lui, intenti ad ogni tipo di lazzo e divertimento a maniera di Zippo durante l'anno precedente.

Erano in sei compreso Sfascia, seduti uno affianco a l'altro. La classe non era altro che un corridoio adibito a tale scopo per mancanza di aule disponibili. I sei incorreggibili non avevano bisogno di studiare come i loro compagni di classe poiché ripetenti a causa del loro comportamento insano perpetuato durante l'anno precedente, quindi conoscevano a memoria tutto il programma scolastico, il che li portava a un livello più alto sui cosiddetti secchioni che dovevano fare le loro prove e mostrare di essere più "intellettuali" dei ripetenti, (che come si sa un ripetente è un asino senza speranze per quanto riguarda l'educazione in generale).

Sfascia pregustava già la fine di quell'anno scolastico ed il suo avvento alle scuole superiori in compagnia del suo caro cugino Zippo.

Rock & roll generation

Intanto che la "ciucceria" (parola coniata da Zippo e Sfascia ad indicare uno scarsissimo rendimento scolastico ad emulazione dei ciuchini) seguiva il suo corso, ferveva acuta in loro l'opera di stabilizzazione di una cultura importata da Gabriellina. La cultura del Rock & Roll. Appoggiando le sue idee oltranziste che respingevano a pieno tutto ciò che la società offriva ai giovani, si vedevano catapultati in una dimensione giovanile fatta per lo più di proteste, contestazioni, modi di vivere alternativi, scioperi e manifestazioni di piazza. Da cornice a questi ideali, c'era una musica chiassosa ed effervescente, eccentrica ed in perfetto antagonismo con il panorama musicale commerciale del momento. Questa era intesa dagli addetti ai lavori col nome generico di "Rock" con tutti i suoi derivati possibili, lontani qualche miglio dalle dimensioni acustiche della gente "per bene" ed elegante che denigrava, ostacolava, condannava e segregava i "giovinastri" impegnati in questo tipo d'affare.

Erano grossi paroloni quelli che Zippo udiva nelle assemblee o nei comizi, in più dei casi non ci capiva abbastanza, parole condite spesso con: borghesia e proletariato, classe operaia e padroni, lotta e potere.

Questo per lui aveva un fascino ed un senso e si riempiva la bocca di cose del genere in contrasto con la similitudine che lo legava ai suoi coetanei. Seguiva Gabriellina nei cortei durante gli scioperi e conobbe molti suoi amici, veterani e smaliziati a questo tipo di vita. Erano gli ambienti dell'estrema sinistra brindisina e ciò che ad essa ruotava attorno. Frequentare il primo anno delle scuole superiori, lo rendeva in qualche modo emancipato e libero di operare scelte ideologico-politiche e strade e ragioni di vita da seguire col tempo. Per il momento tutto questo era un qualcosa al di sopra delle sue capacità e si limitava a simpatizzare frequentando, quando poteva, questi ambienti col beneplacito di Gabriellina e dei suoi amici, che una volta riteneva "strani" e che adesso lo accettavano come un cucciolo.

Luogo solito di convegno e di aggregazione di questa gente era, oltre ad alcune sedi di partito, Piazza Vittoria. Questa aveva, tra la gente di Brindisi, una brutta nomea. Si riteneva essere luogo di riunione destinato a trasandati, capelloni, finocchi e drogati. Per Zippo e Sfascia aveva il sapore della trasgressione, e sedere sul ciglio della piccola fontana di Piazza Vittoria accanto a gente più grande che li guardava un po' con diffidenza e un po' con curiosità era motivo di pregio ed elevazione culturale.

La simpatia si tradusse presto con l'ammirazione per capelli lunghi ed abbigliamento trasandato, cosa che si accinsero col tempo ad emulare con disperazione dei genitori, già parecchio provati per Gabriellina. In quei tempi furono testimoni della nascita a Brindisi del

Centro Sociale contro l'emarginazione giovanile, fondato da un progetto portato avanti da alcuni giovani fra i più ideologici che frequentavano Piazza Vittoria.

Ogni sciopero di una certa importanza si intrufolavano entusiasti in mezzo a giovani facinorosi, i quali gli affibbiavano bandiere e striscioni da sventolare nei cortei, cantando slogan e parole di circostanza, frasi che Zippo cominciò a trascrivere sul diario scolastico, scopiazzandone qualcuna da quello di Gabriellina. Accanto a queste, ci piazzava nomi di gruppi musicali che allora cominciava ad ascoltare ed altrettanti del panorama Rock di cui aveva sentito solo parlare. Cominciò alacremente a scarabocchiare la cartella di scuola con questi nomi e vari simboli di contestazione in uso in quella generazione.

Naturalmente attaccò il virus ad Andrea che lo seguì senza remore. Intanto la collezione di dischi di Zippo e Gabriellina continuava a crescere, proseguendo con l'opera che avevano deciso insieme, di completare la discografia dei Doors. Ogni volta che Zippo aveva tra le mani un disco nuovo (acquistato o semplicemente in prestito), invitava Sfascia a casa per l'ascolto, coinvolgendolo sempre più in questa passione. Insieme forgiarono un carattere denso e deciso ad imitazione dei loro nuovi miti in maniera pedante, quasi a seguire una nuova bibbia. Consolidarono affinità e prese di posizione, dissacrando tutto quello che c'era al di fuori del loro panorama ideologico; cominciarono ad amare stivali, camicioni, foulard ed abiti scuri, schernivano i luoghi comuni della gente che loro definivano "per bene" come chiese e valori familiari borghesi. Odiavano la musica commerciale, le mode correnti, le discoteche e chi le frequentava. Iniziarono a collezionare spillette da appuntare ai loro maglioni ed alle giacche e ritagli di giornali che recavano notizie dal mondo del Rock.

Intanto la famiglia di Sandro Gù cambiava domicilio, trasferendosi nella parte est di S. Elia, un quartiere molto in periferia parecchio lontano dall'Appia Verde. Per un po' si persero i contatti, poi lui si abituò alla lunga distanza percorrendo i non pochi chilometri che lo separavano dal suo vecchio amato parco, e fu di nuovo tra loro nelle vesti di ramingo. Presto o tardi avrebbero convertito anche lui alle nuove tendenze musicali.

Agli sgoccioli di una speranza

Tra uno sciopero e un disco nuovo, una partita di Risiko ed una di calcio, una tavola di disegno ed un ceffone del professore, il tempo scorreva inesorabilmente verso l'epilogo di quel catastrofico anno scolastico. Cominciavano le belle stagioni e con esse la calura e la voglia di mare. Invece che preoccuparsi della sua situazione scolastica, Zippo non trovava di meglio da fare che unirsi agli studenti più svogliati che marinavano la scuola, tentati dalle belle giornate di sole che invogliavano a raggiungere le mete balneari, per saggiare la temperatura del mare in quella giovane stagione. Se durante i mesi freddi dell'inverno gli riusciva difficile varcare con soddisfazione la soglia della scuola, adesso che le giornate erano miti, solari e rilassanti, gli era quasi impossibile resistere alle evasioni.

Quando fuori dal cancello dell'istituto si riusciva a radunare una piccola masnada di elementi dediti a questa vocazione, prendevano l'autobus che conduceva sulla costa del brindisino e via. Tornavano poi col bus delle tredici, tutti belli arrossati dal sole e coi capelli ancora bagnati di salsedine. Quando il bus passava davanti la scuola caricando gli studenti, loro cercavano di fare a questi un po' di invidia mostrando il grugno rilassato ed abbronzato; questi invece di contrariarsi, facevano orecchie da mercante e si voltavano dall'altra parte, da loro avevano già da tempo preso le distanze, come si usa ad allontanare gli animali feriti o ammalati dal branco.

Di compiti in classe oramai non ce n'erano più, e quelli che Zippo aveva sostenuto davano tutti risultati deprimenti. L'unica cosa rimasta dove potersi aggrappare erano le interrogazioni finali, ove ripose le ultime speranze. Anche alla vigilia di queste però, aprire un libro gli risultava sempre ostico e la formula di affidarsi alla fortuna rimaneva quella più gettonata.

In giugno la "strizza" cominciava a salirgli sempre di più come una scimmia irrequieta, ciononostante continuava la mattina a prendere l'autobus per la scuola totalmente impreparato sulle interrogazioni che aveva deciso di sostenere. Anche andando volontario la cosa non cambiava e quelli lo rispedivano a posto chiedendo di far meglio la prossima volta (anche se di prossime volte ormai non ce n'erano più!).

Non era ancora riuscito a scuotersi di dosso la polvere delle scuole medie che avevano lasciato in lui malsane direttive da seguire nel crescere, una vittima con buona parte di colpa, per non cercare di guarire e riprendersi in solitario o almeno, nel provarci con tutti i metodi possibili. L'attrezzo preferito dagli insegnanti di quell'istituto non era un'erba medica, bensì una comoda falce che usavano per sfoltire e liberare l'erba cattiva da quella buona, ed all'occorrenza sapevano usarla bene.

I giochi sembravano ormai fatti e Zippo azzardava ipotesi di salvezza disperate. Pregava come una canaglia di essere rimandato al massimo delle materie, ripensando allo scorso anno quando con una botta di culo ci fu l'amnistia e furono tutti promossi. Ma questa non era la scuola media.

Venne il gran giorno dell'uscita dei quadri (l'affissione in bacheca della scuola, dei risultati degli scrutini) che per uno sfortunato caso coincideva ogni anno con il giorno del suo onomastico (il 15 di giugno). Non ebbe il coraggio di andare a vederli di persona, lasciando morire fino all'ultimo la speranza. Ebbene non fu una lunga agonia, verso le undici ricevette una telefonata da papà Totò che chiamava dal suo ufficio; era andato a scuola lui a vedere i quadri ed adesso ne comunicava l'esito. San Vito questa volta aveva fallito!

Dopo giorni amari, trascorsi in famiglia ad analizzare la sua disgraziata posizione di somaro incallito, tornarono i periodi delle gitarelle al lido S. Anna, dove per lo meno ebbe modo di sfogare la sua amarezza immergendo il corpo nel blu di quelle acque fresche e limpide. Si sentiva più rilassato, era di nuovo estate.

Casa Scorfani

La ferita di quell'anno scolastico cominciava a rimarginarsi, anche se non sarebbe andata via per sempre, per lo meno Zippo cominciava a farsene una ragione. L'unica cosa positiva di quest'affare era che avrebbe ripetuto l'anno scolastico al Geometra in buona compagnia. Questo perché anche Sfascia si era da poco iscritto a quell'istituto ora che era stato finalmente licenziato dalle scuole medie. L'evento non era cosa nuova, perché da tempo Andrea, come già raccontato, aveva espresso di voler intraprendere lo stesso indirizzo scolastico del cugino, gufando a suo modo sull'esito dei suoi scrutini. Adesso che il fato si era compiuto, li aspettava un futuro che li avrebbe uniti pure sui banchi della scuola, a dividere insieme patimenti ed angosce di studio; tutto ciò parve loro molto interessante e divertente. Da tempo ormai avevano forgiato insieme un'intesa particolare sia nell'ambito musicale che in quello riflessivo ed intellettuale.

Una mattina di luglio, accompagnato dal padre che andava al lavoro, Sfascia venne a trovare Zippo da Casalabate, dove adesso si era ritirato con la famiglia a passare le vacanze. Dopo aver passato un po' di tempo a discutere del più e del meno facendo riferimento al loro futuro scolastico, passarono all'ascolto di qualche disco Rock.

- "Weh, Zippo che ne dici di fare un salto a Casalabate?".
Propose Sfascia d'un tratto mentre l'altro stava cambiando un disco dal piatto dello stereo.

- "A Casalabate? E quando?" Rispose Zippo sgranando gli occhi.
- "Non lo so, dipende da te, che ne dici di stare una settimana da me?"
- "E me lo chiedi? Certo che sì!"

Si accordarono con i rispettivi genitori e poco tempo dopo furono così insieme in villeggiatura a godersi il sole e la spiaggia di Casalabate a combinare qualche marachella come ai vecchi tempi.

Zippo aveva portato con sé alcune nuove musicassette da fargli ascoltare, precedentemente registrate da un suo cugino da parte di madre. Si trattava di alcuni gruppi che spiccavano nel genere "Hard Rock". Questo suo cugino, essendo un appassionato, gli aveva preparato una musicassetta con compilation dei migliori pezzi dei gruppi di Black Sabbath e Deep Purple ed un'altra con il secondo album dei mitici Led Zeppelin e "After the gold rush", album del cantautore americano Neil Young sul genere country. In più aveva con sé le vecchie cassette che già Sfascia conosceva. Di contro, Sfascia possedeva un vecchio mangianastri che ricordava i tempi delle mitiche registrazioni con nonno

Sandro e qualche altra sua cassetta Rock. La musica per la vacanza era assicurata.

Ascoltavano di continuo quelle cassette per la gioia dei timpani dei genitori di Sfascia che a tratti li sfottevano prendendoli per matti suonati ed a tratti minacciavano di rompere il mangianastri sulle loro zucche. Siccome il vecchio magnetofono andava a pile, succedeva che queste si scaricavano, creando stonature fastidiose sui brani, rendendo la tortura ai padroni di casa ancora più insopportabile. Zippo e Sfascia, fieri della loro musica, continuavano imperterriti nell'ascolto dei brani fino a che le pile non esalavano l'ultimo respiro. Dopo facevano una breve corsa in paese e ne acquistavamo di nuove. Andrea possedeva una cassetta dei Doors dal vivo, dove vi era recitata una lunga poesia di Jim Morrison: "The celebration of the lizard". Il padre diceva che quella litania ricordava di molto una messa cantata e li sfotteva in continuazione.

Vicino Casalabate c'era un paesino di nome Lendinuso, dove Rino, il cugino di Andrea, villeggiava con la famiglia. Spesso lo andavano a trovare raggiungendo il paese via costa. Un tratto del percorso da loro scelto passava da uno stretto sentiero argilloso a strapiombo sugli scogli dove c'era da tenersi ben saldi alle radici delle piante che spuntavano dalle dune per evitare di cascare di sotto. A loro il pericolo piaceva e tutti quei mesi passati ad allenarsi con la truppa d'Appia Verde, erano serviti a qualcosa dando dei risultati ai momenti opportuni. Rino ultimamente si era irrobustito parecchio, tanto che si decise di affibbiargli il soprannome di "Rino Bestia".

Nel bagaglio per la villeggiatura, Zippo aveva incluso pure un paio di pinne ed una maschera, materiale che gli permise di andare a pesca di ricci col cugino e fare qualche escursione subacquea. Una notte il diavolo venne loro in sogno, proponendogli di raggiungere Lendinuso via mare con pinne e maschera e fare così una improvvisata a Rino Bestia mentre sguazzava in mare. La mattina dopo si accinsero subito a questa impresa.

  – "Zippo, pronto?" – "Si! Si partiamo, vedrai la faccia di Rino bestia!"

Il primo tratto lo superarono senza problemi, dopo cominciarono le prime avversità.

-     "Andrè, mi sono spompato!"
-     "È La corrente, ha cambiato direzione." Questo aveva inesorabilmente
raddoppiato i loro sforzi. Sopraggiunsero i primi crampi e con essi un attacco di meduse che li costrinsero a guadagnare la riva.

Usciti dal mare un bambino del luogo prese a guardarli con un'aria sorpresa e intrigato dai due, disse loro in un linguaggio indigeno:

-     "Dammari sta bissiti?" (nota di traduzione: siete or ora usciti dal
mare?)

Là per là Zippo e Sfascia rimasero un po' imbambolati a guardare il piccolo che attendeva risposta. Poi si osservarono a vicenda ancora con pinne e maschera indossate e in più bagnati e ricoperti di alghe risposero al piccolo oriundo:

- "Nooo! non sta bissimo Dammari !!"

Il piccolo rimase a guardarli allibito per qualche minuto mentre ridevamo a crepa pelle.

Mancava ancora un po' di strada alla loro meta che decisero di ultimare a piedi. Arrivarono sulla spiaggia di Lendinuso abbastanza sfiancati, si stravaccarono sulla rena a pancia all'aria mentre lì vicino Rino Bestia li sfotteva a buona ragione.

Per il ritorno a Casalabate scelsero un'altra via: quella della strada provinciale. L'idea di intraprendere un nuovo viaggio via mare li atterriva ed inoltre non potevano neanche tornare via costa perché affrontare i dirupi sulle dune a mani occupate (dalle pinne e dalle maschere) era impossibile. Quello che non avevano calcolato però era il fatto che adesso a piedi nudi (per calzari non avevano che le pinne) avrebbero sobbalzato come ballerini sull'asfalto incandescente fino a casa, a rendita dello spettacolo divertente che davano agli automobilisti che gli sfrecciavano accanto.

- "Zippo! Zippo, una pozzanghera!"
- "Dove? Dove?" rispondeva saltellando il cugino, aguzzando la vista.
- "Là, là, sulla strada". E si precipitavano ad immergere i piedi fumanti

nel fango per una breve tappa rinfrescante, in costume e con le pinne in mano lungo la provinciale. Intanto sopra le loro teste si materializzava il pensiero, come una nuvoletta nei fumetti, del diavolo che rideva beffardo alla loro faccia. Giurarono che d'ora in avanti avrebbero raggiunto Rino Bestia alla vecchia maniera, cioè "coast to coast". L'anno venturo il diavolo li avrebbe tentati ancora, questa volta in una impresa disperata con un canotto. Per adesso si accontentarono, una volta giunti salvi e sfiniti alla villa di Andrea, di sbattere via pinne e maschere, mandando il diavolo a fanculo.

Quella vacanza fece tornare a Zippo tutta l'armonia e la creatività di un tempo, morta e sepolta fra le amarezze della scuola e riprese financo a "fumettare" con le sue storie bizzarre e personaggi reali e d'ispirazione fantastica. Adesso i suoi eroi erano "Zippo & Sfascia", sui quali imbastì col cugino nuove storie, ultima delle quali la traversata del diavolo. Di spunti lì intorno ne avevano parecchi; al padre di Andrea affibbiarono il soprannome di "Charlie", preso in prestito dal noto comico americano "Charlie Chaplin", questo perché quando si alterava sembrava di assistere a delle comiche televisive, con sproloqui in dialetto tarantino, sua terra d'origine come il fratello e padre di Vito Zippo, al quale per gli stessi motivi era già stato affibbiato il soprannome di "Totò".

Oltre a Zippo, ospiti nella casa c'erano anche i nonni materni di Andrea, sui quali improvvisarono una storia a fumetti sul genere "fanta-giallo". La storia era incentrata su una fragorosa pernacchia che avevano udito in piena notte. Qui Zippo & Sfascia si travestono da investigatori ed alla fine smascherano nonno Teodoro quale autore del potente misterioso peto notturno.

Vicino la villa di Sfascia abitavano dei curiosi personaggi venuti in villeggiatura da Roma. Uno di questi ragazzi somigliava molto a quel Celestino che Zippo aveva conosciuto l'anno prima sulle montagne del veneto. Una volta fatta la sua conoscenza, gli affibbiarono subito il nome di quel ragazzo montanaro, cominciando a canzonarlo, tanto che lui minacciò di prenderli a schiaffi. Naturalmente fu inserito subito nelle storie a fumetti insieme ai suoi due compaesani ai quali dettero il nome di "Cicci e Parici", altri vecchi personaggi di fantasia di Zippo.

Il resto della popolazione locale era formato in gran parte da gente della provincia di Lecce, che loro chiamavamo "poppiti" il cui idioma e modo di esprimersi suscitava in loro tante risate e spasso. La medusa che pizzicò Sfascia nella storia de "La traversata del diavolo" si esprimeva in dialetto leccese, così come gli altri personaggi delle storie.

La spiaggia di Casalabate era divisa in due zone da una sporgenza rocciosa larga qualche metro che dava sul mare. Sulla parte destra di essa l'acqua era resa torbida dalle correnti che vi ci trasportavano alghe e schifezze varie. La gente quindi era tutta riversata sul lato sinistro, dove il mare era più pulito. Questa sporgenza rocciosa fu ribattezzata da Zippo e Sfascia: Casa Scorfani. Quando andavano a fare il bagno, dicevano:

- "Andiamo a far visita a Casa Scorfani."
Oppure gridavano: - "Temete Scorfani pelosi, stiamo arrivando!".

A Casa Scorfani spesso andavano a fare il bagno insieme a Teresa, Daniela ed alcune loro amiche del posto che conoscevamo già dal tempo delle sfide fra Diavoli rossi e Falchi neri. Zippo si invaghì di una di loro: Elisabetta. Quando si accorse di non essere corrisposto, insieme con Sfascia, disegnò una storia su di lei a scopo di vendetta. La rappresentavano intenta a flirtare con un ragazzo del suo paese, un certo Nicola. In agguato c'erano Zippo e Sfascia che rovinavano i loro incontri amorosi in una serie di gag e battute spiritose, condite con il solito idioma in dialetto leccese. Ne venne fuori un lavoro abbastanza discreto, giudicato come il migliore fatto in quella vacanza.

Quando Zippo ritornò a Brindisi seppe più tardi da Andrea che Elisabetta non ne fu molto entusiasta, tanto che mentre Sfascia era impegnato a mostrare la storia ai presenti radunati intorno al tavolo di casa, lei prese a strappare il foglio con le vignette. Di tutta risposta, Sfascia gli sbatté la testa contro il tavolo facendola piangere. Zippo ci rimase un po' male sia per lei che per il lavoro distrutto. Comunque, dopo, con un po' di pazienza e qualche pezzo di nastro adesivo, il foglio fu rincollato.

Amore e disperazione a Casalabate

Mentre Sfascia era a sollazzarsi a casa Scorfani, il tempo a Brindisi per Zippo scorreva lento, le giornate erano lunghe a passare ed in giro c'era poco da fare. L'Appia verde era tornata ad essere un mortorio, andata come in ferie per pausa estiva, lasciando il parco a Billy e Patatina liberi di scorrazzare senza il rischio di prendere pallonate sul muso. Sotto casa tutte le conoscenze di Zippo ed SM erano in vacanza altrove ed in strada non c'era anima viva. La tv non programmava niente di buono ed in casa regnava una noia mortale. Zippo tentava di ingannare la noia proponendo a suo fratello qualche gioco di sua produzione, come il Risiko-Vit ed il Vitopoli (il Monopoli casareccio), oppure si sedevano a tavola torturandosi con delle interminabili partite a scopa, asso piglia tutto e ruba mazzetto, come i vecchietti.

La mattina si andava al mare, dove sulla spiaggia di lido S. Anna tra un bagno ed un altro qualcosa da fare si trovava sempre, o per lo meno si stendevano a prendere il sole. Di contro, il pomeriggio in casa era lungo, tremendo e tedioso. Zippo vagava come un'anima in pena per le stanze in cerca d'ispirazione o si stendeva solitario sul divano della camera a fumo ascoltando svogliatamente qualche disco, volgendo altrove il suo sguardo apatico privo di pensieri; in attesa che fosse orario di cena.

Quella piccola parentesi di Casalabate aveva ormai assunto la forma di un'oasi in un deserto che diventava giorno per giorno sempre più vasto. La gioia ed il ricordo di quei giorni che avevano riacceso in lui il buon umore, sembravano essere perduti di nuovo. Era tornato a sprofondare in un'angoscia segnata da un anno sciagurato, la cui consapevolezza di essere lo deprimeva sino alle lacrime. Mai estate era stata sin ora così sciatta e insignificante, neanche quella dell'anno prima in veneto.

Iniziò agosto, e con esso, finalmente qualche novità. Da Genova vennero giù i parenti a villeggiare a Casalabate, portando un po' d'aria fresca. Vennero a Brindisi per una visita trascorrendo in famiglia una lieta serata. I rapporti con le cugine Genovesi erano di molto migliorati, adesso che erano cresciuti e sepolto "l'ascia di guerra". La famiglia Totò ricambiò la visita qualche giorno dopo a Casalabate, e Zippo ebbe di nuovo modo di rivedere Casa Scorfani ritrovando un po' della sua serenità. Rivide Sfascia, il quaderno dei fumetti che gli aveva lasciato in consegna, un po' rattoppato per l'attentato appena subito. Ritrovò Teresa, ed Elisabetta che storse un po' il muso alla sua vista. Con loro c'era un'altra ragazza che lui ricordava sempre dai tempi delle lotte coi Falchi neri e che con la quale Sfascia aveva l'anno scorso avuto un piccolo flirt: Arianna. Qui il "fascino" di Zippo colpì dove prima aveva fallito con Elisabetta, la cosa stupì parecchio e proprio non se l'aspettava. Vedeva che Arianna flirtava con lui mettendolo a nudo con la sua timidezza ed il suo imbarazzo, tanto da non sapere come muoversi. Quando era lì in villeggiatura in luglio, lei non era presente e gli esternava tutto il suo rammarico, poi cingendogli il collo con un abbraccio gli chiese di ritornare di nuovo ospite da Andrea. Quelle parole di fuoco fecero schizzare, come un tappo di Champagne, l'anima di Zippo fuori dal corpo, ed appresso se ne volò via pure parte del cervello in orbita intorno alla terra. Ammaliato dalle sue dolci parole si promise di parlarne presto ad Andrea per un ritorno alla grande. Quella sera la famiglia di Zippo ne riportò a Brindisi solo il corpo, perché anima e cervello erano irreperibili, perse da qualche parte tra le dune sabbiose di Casalabate.

Nei giorni a seguire tornò d'incanto tutto il suo buonumore e trascorreva il tempo affaccendato alla costruzione di cento progetti e sogni da mille e una notte. Tra poco sarebbe ricorso il suo quindicesimo compleanno ed aveva espresso il desiderio di trascorrerlo a Casalabate. Mentre la madre preparava la torta, lui, come "lupo de lupis" preparava il borsone con le robe; il piano era quello di auto invitarsi in casa Sfascia una volta spente le candeline della torta. La cosa non andò in porto.

Arrivarono a Casalabate nel primo pomeriggio, Zippo aveva nascosto a tutti le sue intenzioni insieme al borsone che rimase ben occultato nel cofano della macchina di Totò. Andò a salutare zii, cugini e cugine prendendo auguri e baci da tutti, poi il suo sguardo iniziò a frugare tra i canneti in lontananza, dove Arianna aveva casa. Ansimando chiese sue notizie ai presenti e quelli gli risposero che sarebbe venuta fra un po' e che era già al corrente del compleanno e del suo arrivo. Così fu. Spense quindici candeline poste su una succulenta torta di pan di Spagna farcita con panna e crema, attorniato da un nugolo di ragazzi e parenti. Zippo non considerava nessuno che non fosse Arianna, alla quale aveva offerto tutto il suo cuore e buona parte del cervello. In mezzo a quel frastuono fatto di applausi, auguri e domande, c'era il faccione stralunato di Vito che esprimeva uno stato di confusione totale, l'unica cosa di cui andava in cerca la sua mano in quella mescolanza disordinata era la presenza di lei al suo fianco.

Cominciava ad essere tenero. Approfittando del caos si appartò con lei per discutere un po', voglioso delle sue lusinghe e di bramosie d'amore. Arianna chiese cosa avesse risolto riguardo la faccenda di rimanere qualche giorno in casa Sfascia. Lui le espose il piano e subito dopo prese ad agire (sempre col cervello scollegato). Prese sottobraccio Sfascia e lo condusse verso la macchina di Totò, dove nel cofano aveva occultato il borsone con le robe. Durante la strada cominciò ad abbonirselo sondando il terreno per proporgli, tramite un suo assenso, un ritorno come ospite nella sua villa. Sfascia, vecchia volpe, intuendo d'istinto le sue mosse lo anticipò controbattendo che non c'era posto, che il materasso dove lui aveva in precedenza dormito era stato preso in prestito dalla villa degli zii di Genova. Adesso, essendo loro giunti in loco, la cosa non risultava più fattibile. Non riuscì neanche a sollevare di qualche decimetro il borsone dal cofano della macchina che la sentenza era già stata duramente emessa.

Tornò da Arianna spiegandone con rammarico gli eventi. Lei non perdendosi affatto d'animo, lo rincuorò annunciandogli che in casa sua c'era un materasso in più adatto per questa abbisogna. Trionfali tornarono insieme al cospetto di Sfascia ad esporgli le novità, cercando in tutti i modi di farlo cedere. Non ci fu verso.

- "Sfascia, Arianna può prestarvi un materasso che ha in casa e…"
- "Zippo, dai, non insistere!".

Il fatto di averlo come ospite con la testa appesa sulle stelle non tanto gli piaceva, tanto più che il suo "sesto senso" prevedeva tragedie, ed aveva ragione. Per il momento Zippo non si accinse ad insistere oltre. Non gli rimaneva altro che tornare alla solita desolazione cittadina.

Adesso che i suoi progetti si erano infranti, le angosce erano di molto amplificate, serrandosi in una muta rassegnazione. Le giornate passavano senza che potesse coronare il suo sogno d'amore e non ci poteva fare niente, se non aspettare la conclusione di quella mefitica estate.

Poi, ancora una svolta.

Nella seconda metà d'agosto tornarono a fargli visita a Brindisi i Genovesi ed Zippo espose alle sue care cugine la triste storia, alla quale anche loro avevano assistito, facendole partecipi delle sue pene. Vedendolo ridotto a quello stato pietoso, zio e cugine gli vennero incontro. Dissero che c'era la possibilità di utilizzare un materasso che avevano in più nella loro villa, risolvendo così i suoi problemi. Zippo non credeva alle sue orecchie, in più con tutto stò casino di addizioni e sottrazioni di materassi effettivamente c'era da perdersi. Fu necessario spiegarglielo di nuovo, poi cominciò a zompare qua e là come un grillo campestre, accingendosi in tutta fretta a preparare il vecchio borsone con le robe, sotto lo sguardo sbalordito delle sue cugine.

Prese con sé qualche audiocassetta da ascoltare con Andrea sul suo vecchio mangianastri, fra queste ce n'era anche una nuova per abbonirsi Sfascia: la registrazione di un concerto dal vivo dei Deep Purple; "Made in Japan". La sera stessa era già al cospetto della famiglia "Sfascia", con il suo buon materasso prestatogli dallo zio sottobraccio, con il borsone ricolmo di robe e con un sorriso sfacciato a trentadue denti stampato sul volto. Loro non poterono far altro che accettare la cosa con armonia. Era tornato all'attacco, era di nuovo sulla cresta dell'onda.

Il mattino seguente Zippo e Sfascia si alzarono di buon'ora, passeggiando un po' tra le dune della spiaggia per poi mettersi in agguato in tutta attesa vicino casa di Arianna per farle una sorpresa. Erano appostati come ai vecchi tempi delle battaglie coi Diavoli rossi.

- "Quando esce Andrè? Eh? Quando esce?" Zippo era tutto eccitato.

- "Di solito è questa l'ora. Dovrebbe sbucare dal portone da un momento all'altro. Guarda! Ci sono anche Terry ed Elisabetta che arrivano."

Quando uscì, Zippo le andò incontro giulivo e contento aspettando da lei una reazione di meraviglia. Quando si videro, notò con molto stupore che la cosa non aveva sortito in lei l'effetto che si aspettava anzi, lo salutò appena con un sorriso di circostanza e si avviò verso Teresa ed Elisabetta come se fosse una giornata uguale alle altre. Lo stupore fece presto luogo alla delusione, cercava in ciò delle risposte che non arrivavano. Questo perché il cervello era sempre scollegato ed in orbita intorno alla terra. Provò allora a sbloccarsi da quello stato di meraviglia reagendo meccanicamente, offrendo a lei tenerezza e provocandola con parole dolci di circostanza. La cosa continuava a sortire effetto negativo e quelle azioni le rimbalzavano sopra il bikini da spiaggia che indossava.

Più passava il tempo e più le sue attenzioni parevano destarle solo noia e fastidio, Zippo continuava imperterrito nelle sue azioni ma a quanto pare la interessavano solo le chiacchiere civettuole delle sue amiche, sdraiate accanto a loro sulla sabbia del lido. Cercò allora delle risposte da sua cugina Terry ma neanche da lei riusciva ad averne. Ormai era chiaro che la cosa non le interessava più, e Zippo non riusciva a farsene una ragione, continuando ancora a starle dietro come un cagnolino che aveva perso il suo padrone, lei cominciò financo a prendersi gioco di lui portando la cosa sul ridicolo e sul grottesco.

Qualche tempo dopo iniziò ad indagare, seguendo con Sfascia di nascosto le ragazze che passeggiavano verso una vicina contrada e scoprendo l'arcano. A quanto pare si erano tutte invaghite di un fustaccio che si dava delle arie e che presto conobbero.

- "Sfascia, forse sono rimasto troppo tempo lontano da Arianna..."
Era stata la sua conclusione amara, senza pensare a tutti i mari e monti che aveva spostato per arrivare da lei.

- "Secondo me no. Le ragazze sono fatte così..."
Gli rispondeva Sfascia
con lo sguardo concentrato verso di loro.

- "E sicuramente il mio comportamento lascivo, sdolcinato ed appassionato ha fatto il resto".
- "Te l'avevo detto io di lasciar perdere ma tu, cazzo!"
Stare troppo incollato ad una persona porta inesorabilmente a certi scontati risultati. Era una lezione che non aveva ancora imparato e nonostante questa deludente esperienza, sarebbe ricaduto nuovamente in futuro tante e tante volte ancora. Per adesso c'era da ingoiare una pillola molto amara e la cosa non fu tanto facile. Tanto aveva fatto per arrivare in quel luogo, tanto aveva sofferto ed adesso aveva voglia di fuggire ma era impossibile. Tornare a Brindisi sarebbe stato peggio, e peggio era continuare ad insistere. C'era da farsene una ragione e Zippo non ci riusciva, non ne aveva la voglia, né la capacità.

Continuò a odiare quell'anno (il 1981) con tutte le sue forze, chiedendosi quando tutto ciò sarebbe finito. Cominciò ad isolarsi portando con sé il mangianastri di Sfascia, ascoltando "Child in time" dei Deep Purple a tutto volume fino all'esaurimento delle pile in una vicina casa in costruzione. Qui lo trovava Sfascia cercando di consolarlo, lui in qualche modo questo lo aveva previsto e adesso cercava di fargli passare il trauma. Cercarono di riprendere insieme le vecchie abitudini che avevamo in luglio. Ricominciarono a spulciare il vecchio quaderno dei fumetti.

- "Zippo, e se ne facessimo su una storiella a fumetti?"
- "Ma vaffanculo! E poi non ho ispirazione."
- "Un tuffo a casa Scorfani?"

Tornarono a casa Scorfani con pinne e maschera in cerca di ricci, ma sulla spiaggia c'era Arianna che flirtava con quella sua nuova fiamma, pareva lo facesse apposta per deprimere il povero Zippo.

- "Che ne dici di andare a far visita a Rino Bestia? Così ci allontaniamo un po' e ci sgranchiamo i muscoli seguendo il vecchio percorso ardimentoso sulla costa".

MA mentre si accingevano ad affrontare un passaggio stretto sulle dune a ridosso del mare, voltandosi indietro notavano con sorpresa che c'era qualcuno alle calcagna. Si trattava delle ragazze che avevano preso a seguirli con curiosità, in testa alle quali spiccava la figura di Arianna.

Zippo ebbe come un sobbalzo al cuore che, prontamente Sfascia invitò a reprimere, tentando di convincerlo che si trattava di un abbaglio. Naturalmente per parlare e agguantare il cervello di Zippo bisognava salire fin su alle stelle per cui sul corpo le parole non sortivano alcun effetto. La conferma si ebbe nel momento in cui queste li raggiunsero. Più Zippo si avvicinava ad Arianna e più questa si comportava da stronza alla solita maniera, rendendo vana ogni sua speranza, riaccendendo il suo tormento. Dopo quest'ultima prova, finalmente Zippo cominciava a prendere atto della cosa, osservando Arianna mentre si divertiva per la sua situazione, quasi le desse piacere il fatto di vederlo "abbattuto e annientato" come uno stato del Risiko. Era diventata alquanto perfida e ria e quanto più Zippo cercava di non incrociarla, tanto lei cercava di mettersi in mostra provocandolo.

Adesso quando incontrava i due cugini, prendeva a cingere con le braccia il collo di Andrea nell'intento di ingelosire Zippo. Lui non lo sapeva ma l'anno prima loro avevano avuto, come già raccontato in precedenza, una specie di flirt che adesso stava tornando in auge. L'Arianna che Zippo conosceva all'inizio di agosto ormai non esisteva più, finalmente cominciò a farsene una ragione, se pur con qualche remora.

La testa di Vito Zippo, intanto, dopo un lungo "peregrinare" intorno alla terra prendeva adesso a precipitare rovinosamente al suolo, e senza paracadute.

Agosto volgeva finalmente al termine, il suo viaggio intorno alle stelle si era concluso.

Strip poker dopo la tempesta

Gli ultimi giorni di villeggiatura a Casalabate trascorsero al meglio, godendosi gli ultimi bagni e cercando di trovare il buonumore in ogni modo. Adesso Zippo guardava con curiosità Elisabetta senza impegnarsi troppo; la storia con Arianna lo aveva devastato troppo e non voleva cominciarne un'altra. Lo zio di Genova riprese la strada di casa, lasciando vuota la sua villa. Loro passavano il tempo ad ascoltare musica e giocare a carte con le ragazze. Un giorno il tempo si annuvolò e venne giù un sacco di acqua, quasi a presagire l'autunno alle porte. Si divertivano insieme fra le pozzanghere a drenare l'acqua creando degli improvvisati ruscelletti intorno alle aiuole della villa di casa Sfascia. Al termine di quella tempesta Zippo si sentì in qualche modo rinato e scordò le amarezze che avevano segnato il travaglio di quell'estate torbida. I rapporti con Arianna ripresero di buona amicizia e lei aveva smesso finalmente di tormentarlo. Gli interessi verso di lei erano svaniti, come la fine di quella tempesta.

Due giorni dopo, accompagnato da Charlie, Zippo riprese la strada di casa riabbracciando genitori e fratelli. Tornò ai suoi giochi ed alle sue abitudini.

Con SM intrapresero un nuovo gioco di carte: il poker. Dividevano delle fiches di plastica ad emulazione dei soldi, poi ognuno prendeva la sua parte ed iniziavano a giocare. Quando qualcuno terminava le fiches a disposizione, avevano stabilito che, come pegno per acquistarne delle altre, dovevano cedere un capo d'abbigliamento o un effetto personale al giocatore vincente, che ne stabiliva il prezzo al momento. Con questo volevano imitare i veri giocatori di poker che per il gioco d'azzardo erano portati a vendersi ogni bene. La cosa era divertente, giocavano in terra nella loro cameretta, a volte finiva in mutande Vito e delle altre volte ci finiva SM.

Agosto era ormai agli sgoccioli, alcune volte Sfascia faceva capolino in città, pago ed ormai stanco della lunga villeggiatura a Casalabate. I suoi ancora non si decidevano a rientrare a Brindisi e lui, approfittando di un passaggio da Charlie che tornava in città nel primo pomeriggio per recarsi al lavoro, andava a trovare spesso i suoi cugini. Qui li trovava seduti in terra e mezzi spogliati, con le carte da poker in mano, concentrati e intenti fare puntate e rilanci. Sfascia sulle prime rimase un po' sbigottito e divertito, poi si unì alla combriccola e prese parte anche lui al gioco. In tre era più divertente e le mani di poker più entusiasmanti.

Quando si giocava a strip poker, chiudevano a chiave la porta della cameretta per ovvi motivi di pudore. Al lato del giocatore fortunato di turno si andavano così ad ammucchiare: magliette, jeans, foulard, calze, cinte, stivali e scarpe puzzolenti, occhiali da sole e da vista (quelli di Zippo), orologi, spillette e braccialetti. Mentre i perdenti rimanevano seduti di culo a terra in mutande ed infreddoliti, pronti a puntare con entusiasmo nella mano successiva l'ultimo calzino rimasto. Quando ad un giocatore non rimanevano solo che le mutande, non avendo più beni da giocare veniva estromesso dal gioco, in attesa che fosse proclamato il vincitore.

Una volta, per rendere più irresistibile il gioco, SM avendoli integralmente spogliati, permise a Zippo e Sfascia di giocarsi anche la "carta" del dolore. Questa consisteva come pegno di strapparsi dei capelli dal capo; il dolore scaturito serviva a pagare la posta per la prossima mano. La pazzia è stata da sempre la loro musa consigliera, scelta per governare tutte le loro avventure.

Il ritorno della s(g)uadra

Un pomeriggio ai primi di settembre, una telefonata interruppe una partita di strip poker. Sentirono bussare sommessamente alla porta chiusa della cameretta di Vito e Massimo, era la madre, annunciando che c'era al telefono qualcuno che li desiderava. Zippo si diresse verso l'apparecchio con le carte in mano, con mutande e maglietta e scalzo da un piede, lasciando in attesa una mano di poker con un'alta posta in gioco. Era Sandro Gù che desiderava avere loro notizie. Dopo i primi festosi convenevoli Zippo lo informava che Andrea era lì da loro.

- "Gù qui tutto bene, perché non fai un salto pure tu che ti insegniamo un bel gioco. Come? Hai delle notizie nuove? Allora vieni no? Per che ora? …non lo so, non ho più l'orologio, l'ho poc'anzi perduto a poker in una mano catastrofica."
- "Zippo ma che cazz…ti sei rincoglionito?" Rideva Sandro Gù un po'

meravigliato e un po' confuso dalla risposta, va da sé che a quei comportamenti era abituato.
- "Non ti preoccupare, ti spiego tutto meglio quando arrivi. Riguardo all'orario puoi venire quando vuoi, che noi tanto da qui non credo che ci spostiamo."

Dopo un'ora si presentò al loro cospetto in tenuta ginnica, tanto che Zippo e Sfascia guardarono con ardore la sua tuta nuova, pensando che sarebbe potuta servire alla causa in cambio di molte fiches da giocare contro quell'esagerato "culacchione" (fortunello) di SM. Finiti gli scherzi provarono a parlare seriamente, ascoltando quello che Gù era venuto a proporgli. Vista la sua tenuta atletica, l'argomento lo avevano già intuito e Gù li illuminò di più su cosa aveva in mente e chi voleva sfidare.

Durante il periodo estivo, Sandro aveva avuto una intensa frequentazione col cugino Francesco che abitava a qualche isolato più avanti casa di Zippo. Il cugino Francesco faceva parte di una squadra di calcio di ragazzi della sua contrada, che vantavano avere un primato di imbattibilità e di essere forti ed in cerca di squadre da sfidare.

- "E secondo voi che mi conoscete bene, mi potevo stare zitto?"
- "No! No! Sandro Gù hai fatto bene. Li hai sfidati?"
- "Mi prudevano le mani e gli ho tirato il guanto di sfida, he he he he."

Se la rideva Sandro Gù tutto divertito.

Memore delle vecchie avventure, aveva intenzione di rimettere in piedi la sua vecchia s(g)uadra da testare contro quella di suo cugino. Al suo richiamo "alle armi" loro risposero fedeli.

- "Puoi contare su di noi."

In breve tempo Gù stilò la formazione della s(g)uadra, convocando oltre i presenti, anche Sergio, Rino

Bestia ed il fuoriclasse Vito D., quel ragazzo che era venuto da qualche tempo ad abitare in Appia verde, di cui si è già parlato ai tempi delle sfrenate partite ad ostacoli nel parco. Adesso rimaneva soltanto da stabilire la data ed il luogo dell'incontro.

L'appuntamento coi loro avversari fu fissato presso la scuola media statale "Marzabotto", nel cui interno vi era un campetto di pallamano in mattonata adatto alla disputa. Nel recarsi al luogo dell'appuntamento, Gù rammentava alla sua s(g)uadra la promessa di mantenere sobrietà e serietà.

- "Mi raccomando, non facciamo brutte figure come al solito."

La cosa, naturalmente fu difficile da mantenere. Per accedere nel campo della scuola, dove già gli avversari erano giunti e si stavano apprestando a fare riscaldamento con dei palleggi, c'era da scavalcare un'inferriata di quasi tre metri alta. Per dare il buon esempio, Sandro Gù fu il primo ad accingersi a scavalcare l'ostacolo. Forse preso dall'entusiasmo o forse troppo concentrato, non si accorgeva della presenza di una tettoia della fermata dell'autobus che lambiva perpendicolarmente la fine della transenna che lui si stava accingendo a superare; fatto sta che ci andò a sbattere violentemente con il suo capoccione, scaturendo l'ilarità dei presenti, ai quali aveva precedentemente chiesto serietà. SM poi, intento a sbellicarsi dalle risate in cima alla transenna, non fece caso al suo piede che era rimasto incastrato nell'inferriata. Questo provocò uno scoordinamento nei suoi movimenti che lo fecero rimbalzare per ben due volte contro la transenna, appeso a testa in giù, prima di cadere ai piedi della squadra avversaria. Qui ci fu l'apoteosi delle risate. Secondo il solito resoconto spiritoso di Andrea che aveva assistito in prima persona alla scena:

- "SM ha avuto le sembianze di un polipo al mercato del pesce quando

    viene sbattuto sul tavolaccio per ammorbidirne la carne."

Una volta varcato l'ostacolo maledetto si piegarono tutti in terra dalle risate, compresi Sandro e Massimo che si massaggiavano il capo. La presentazione era stata fatta, e nel migliore dei modi! Dopo essersi un po' ricomposti, presero posto sul campo da gioco a secondo del ruolo che capitan Gù aveva assegnato ad ognuno. Gli avversari, avendo visto l'andazzo, credevano di avere in pugno la partita.

Rimasero invece parecchio sbalorditi dalle capacità di gioco della s(g)uadra di Gù, la quale alternava, a seconda delle circostanze, momenti di concentrazione per effettuare scambi di palla, copertura di fasce, dribbling, cross e tiri in porta, a momenti di risa sfrenata e divertimento quando qualcuno di loro sbagliava clamorosamente qualche tiro (liscio), effettuava una papera o rovinava al suolo. All'inizio Zippo giocava in difesa accanto a Sergio e SM, Gù e Sfascia al centrocampo e Rino Bestia e Vito D. in attacco. In porta si alternavano un po' tutti, cambiando di tanto in tanto il loro ruolo per dare possibilità a far riposare chi era stanco o quando si subiva un goal. Se qualcuno dalla difesa fosse partito ad accompagnare un'azione in attacco, ci sarebbe stato sempre qualcun altro che rientrava a coprire il buco lasciato dal compagno. C'era un'intesa perfetta e tutti diedero il meglio. Vito D. si distingueva per scatti e dribbling prodigiosi da lasciare tutti a bocca aperta, Andrea chiudeva tutti gli spazi agli avversari (ammaccando e sfasciando qualche gamba a modo suo), dando prova financo delle sue abilità "scimmiesche" arrampicandosi sino al primo piano della palazzina della scuola, per recuperare il pallone finito su una balconata, frutto di un tiro sbilenco di qualcuno.

La s(g)uadra insomma, si divertiva parecchio e le risate non mancavano, senza tralasciare neanche il gusto di sfottersi a vicenda. Quelli che soffrivano erano gli avversari che in breve tempo non riuscirono più a concludere azioni decenti. Cominciarono ad innervosirsi e due di loro vennero persino alle mani per ragioni di incompatibilità di gioco, dando lustro di assistere ad una scenetta divertente finché qualcheduno non si prodigò a dividerli. C'era il più arrabbiato dei due che in lacrime gridava all'altro: "ti zziccu, ti cchiappu e ti rronchiu!!" (ti prendo, t'acchiappo e ti rovino di botte, tradotto dal dialetto brindisino). Questo sketch furioso e gustoso di parole e botte finirà in seguito in una storiella a fumetti di Zippo e Sfascia, nel quale naturalmente venne inserito anche l'inizio spiritoso con la botta in testa presa da Gù e la caduta di SM dalla transenna.

La partita terminò con un largo vantaggio per la s(g)uadra, la quale lasciò trionfalmente il campo di gioco. Durante la partita quello che si era divertito di più era senz'altro Vito D., non perdeva occasione per sbellicarsi dalle risate, quasi a pisciarsi sotto! Si scoprì veramente un ragazzo simpatico e di buona compagnia, tanto che l'intero gruppo affinò di più i rapporti di amicizia con lui. In merito alla sua attitudine di ilarità come a pisciarsi dal ridere, gli fu attribuito il nomignolo di "Shet Pishell". Quasi una storpiatura fra il dialetto e la lingua francese (Shet Pishell = s'è pisciato).

Con settembre c'era il grande ritorno in Appia verde, festeggiato come ogni anno alla grande da tutti. Il nuovo esordio vincente della s(g)uadra aveva riaperto la moda delle grandi partite di calcio ad ostacoli sul parco. Accanto a Shet Pishell tornarono a farsi vedere anche il fratello Dino, al quale fu attribuito il nomignolo di "Skathe Muscia" per via del suo carattere statico ed un po' introverso, ed il cugino Sandro, chiamato in seguito "Scara Macao", quasi a simboleggiare una maschera di carnevale a merito della sua simpatia ed estrosità. Scara, Skathe e Shet rimanevano sempre i "maghi" incontrastati del pallone, pronti a dare lezioni di gioco a chiunque. Averli in s(g)uadra era un prestigio, così come averli per amici, diventando pezzi importanti per l'intero clan dell'Appia verde.

Zippo & Sfascia e la ciucceria

L'idea di iniziare la scuola insieme li allettava parecchio e varcare la soglia dell'istituto tecnico per geometri fu quasi una festa. Erano molto carichi e pieni di vitalità emotiva. Zippo era il veterano della situazione e si accingeva ad informare per bene Andrea su quali erano i professori più esigenti, quali quelli più intransigenti e via discorrendo. Gli spiegava le novità che c'erano in una scuola superiore, soffermandosi specialmente su quelle più allettanti; quali gli scioperi, le assemblee ed altri eventi straordinari che ritardavano o sopprimevano le lezioni. Gli raccomandò impegno allo studio, in volume naturalmente maggiore di quello esercitato nelle scuole medie, rendendolo testimone della sua situazione di ciuco ripetente. Gli presentò il compagno di sventura: Muccy, il quale come lui si accingeva a ripetere l'anno scolastico in buona compagnia.

Vito ed Andrea erano come due gemelli, stessa età, stessi capelli arruffati, stessa testa. Si vestivano alla stessa maniera: tutti e due calzavano un paio di stivaloni (che chiamavano zoccoli), portavano entrambi un fazzoletto legato al collo (che chiamavano straccio) ed indossavano ognuno un comodo giubbotto di jeans (che chiamavano pezza), spillato con qualche icona del mondo del Rock.

Il 25 di settembre 1981, spinti dalle innumerevoli imprecazioni dei genitori, varcarono mesti la soglia del barbiere, dove si tagliarono a malincuore i capelli; quella fu l'ultima volta che si affidarono alle mani di un parrucchiere per almeno due anni buoni (e per Sfascia anche molti di più), decidendo da quel momento di far crescere fluenti le chiome ad imitazione dei loro idoli. Naturalmente a scuola sedevano vicini, mentre al banco avanti risiedeva Muccy, con il quale si affiatarono subito ed insieme formarono un trio perfetto.

Ad esclusione di qualche ripetente, erano attorniati da ragazzi più piccoli di loro. Con alcuni strinsero amicizia, alcuni li tormentavano ed altri erano loro a tormentarli, prendendosi scherno del loro abbigliamento "inusuale". Le lezioni erano più spiritose, così come le interrogazioni, che rendevano più esilarante lo spettacolo di chi assisteva dal posto (Zippo o Sfascia o Muccy). Spesso trasponevano delle interrogazioni in fumetti, con la vittima di turno nella parte di un comandante di una nave che affondava, oppure che finiva vittima di qualche bombardamento a tappeto (attuato dal mefitico professore con domande a ripetizione senza alcuna risposta). Tutto sommato, pur facendo un po' d'acqua qua e là, riuscivano a barcamenarsi su tutte le materie, almeno per il momento. I compiti li facevano quasi sempre insieme in casa Sfascia, dove univano l'utile al dilettevole.

Un giorno decisero di far conoscere l'Appia Verde a Muccy, e di unirsi a lui anche al di fuori dell'ambito scolastico. Pur non essendo un amante del calcio e del Risiko, con lui trovarono parecchi punti in comune. Era della stessa età ed aveva lo stesso spirito selvaggio. Era tollerante sulle loro idee e generoso di consigli, concetti personali e pensieri che esprimeva in tutta libertà, in barba alle prese in giro di Zippo e Sfascia che spesso portavano la cosa a divertenti baruffe e scaramucce. Portava un lungo ciuffo che divideva in due i suoi capelli biondi ed era di corporatura asciutta e robusta, tanto da risultare difficile da battere con le lotte che spesso si accingevano a fare per ingannare la noia. A tal proposito, i due cugini inventarono "la morsa Sportelli" che consisteva in una doppia spallata laterale ai danni dei fianchi del povero Muccy che ne debilitava le forze. Il loro affiatamento cresceva proporzionalmente alla voglia di tormentarsi a vicenda, con scherzi e piani di vendette che mettevano in atto durante le lezioni scolastiche. Di solito Muccy sedeva sempre davanti a loro e per questo era spesso vittima di attenzioni spiritose.

Una mattina a scuola, mentre si leggeva in classe nell'ora di italiano un brano d'antologia sulla Seconda guerra mondiale, avvenne un curioso episodio. Il brano parlava dei rastrellamenti nazisti nelle campagne, alla ricerca di partigiani nascosti e di come uno di essi si difese estraendo un fucile occultato in un fienile in una calda giornata d'agosto. Durante la lettura del seguente passo:

- "…faceva tanto caldo, un nazista importunava mia moglie chiedendole dell'acqua, io andai nel fienile ed afferrai il fucile…" con un semplice sguardo d'intesa Zippo e Sfascia estrassero i compassi dai loro astucci riposti sul banco ed infilzarono all'unisono la spalla del povero Muccy con le punte acuminate in ferro degli strumenti. Muccy scattò in piedi gridando per il dolore, imprecando contro di loro che rimanevano calmi ed impassibili. Mentre la prof. chiedeva spiegazioni, Zippo e Sfascia le dimostravano quanto la loro attenzione era rivolta alla lezione, trovando il segno sul libro dove questa era stata interrotta dalle imprecazioni di qualcuno (!?!). Muccy urlava ancora più imbestialito massaggiandosi la spalla bucata dolorante, mentre l'insegnante iniziava a perdere la pazienza. Fu così che Muccy venne allontanato dall'aula ancora imprecando, incrociando i loro sguardi divertiti mentre se la ridevamo di gusto sotto i baffi.

Muccy era una vera distrazione per Zippo e Sfascia; il povero ne passava di tutti i colori.

Sistematicamente gli sottraevano la merenda lasciandogli un bigliettino con dedica applicata sull'involucro vuoto: "con i complimenti di Arsenio Lupin".

Un'altra volta fu lui a vendicarsi. Approfittando dell'assenza di un alunno che sedeva dietro ai banchi di Zippo e Sfascia, ne occupò rapacemente il posto. Rimase così tranquillo e composto fino all'inizio della lezione, quando ad un tratto decise di mettere in opera il suo piano di vendetta. Diede d'un tratto una stirata ai suoi piedi con notevole slancio e potenza, forzando contro la seggiola di Zippo, tanto da costringerlo a rimanere spiaccicato contro il banco quasi a soffocare per qualche secondo, poi lasciò la presa. Zippo si alzò di scatto per bestemmiare cercando le sue ragioni; era un copione già visto. Questa volta toccò a lui l'amaro destino di abbandonare l'aula furente d'ira sotto le imprecazioni della professoressa.

Fuori dalla scuola, all'Appia Verde, quando non erano impegnati nello studio o a menarsi, trascorrevano il tempo a discorrere del più e del meno. Parlavano dei problemi del mondo dando ognuno la propria interpretazione, parlavano d'attualità ma anche di musica, di motori e di donne. In quei periodi Terry frequentava il parco con delle sue coetanee, amiche di scuola o ragazze residenti nell'Appia Verde; cominciarono curiosamente ad interessarsi a loro. Presto Vito si sarebbe nuovamente innamorato!

ZIPP & SFASH BLA BLA BLA

La collezione dei dischi dei Doors di Zippo e Gabriellina era a buon punto. Oramai gli unici album sconosciuti della band rimanevano "The Soft parade" e "L. A. woman" dei quali conoscevano solo quattro pezzi che facevano parte di una "Greatest Hits" in loro possesso.

I Doors, mai come nessun altro, avevano spalancato le loro menti e catalizzato positivamente e fondamentalmente il loro modo di pensare. In futuro altri gruppi entreranno a far parte del loro bagaglio musicale; con alcuni sarà un'infatuazione passeggera e con altri il legame sarà più forte, tanto da renderli partecipi di alcune loro svolte culturali. Ma quel ritmo cadenzato e brillante della musica dei Doors resisterà per sempre nei loro spiriti, sobbarcando e sopravvivendo a quelli che saranno i cambiamenti del corso della loro vita.

Per adesso gli unici cultori di rito della band erano solo Zippo, Lina e Sfascia, poi col tempo avrebbero inesorabilmente trascinato nel vortice di passione anche SM, Sandro Gù e tutti quelli che ruotavano attorno al loro ambiente. Sfascia intanto, stufo di ascoltare musica dal suo vecchio mangianastri stava già spingendo il padre Charlie affinché gli comprasse uno stereo decente, cosa che sarebbe avvenuta a breve con l'anno a venire.

Se con l'inizio degli anni Ottanta si erano registrate parecchie novità, il 1982 che era alle porte, sarebbe stato un anno meraviglioso, ricordato per sempre nella memoria come l'anno tra i più solari della loro vita, e sicuramente anche nella vita di qualcun altro. La cosa fondamentale che caratterizzava quel periodo era il passaggio verso l'adolescenza, vissuta intensamente nelle sue fasi critiche di sviluppo e di maturità sessuale, verso nuovi valori di identità culturale e sociale. Quelli che si lasciavano alle spalle erano pur sempre bei ricordi, in un'infanzia trascorsa nel migliore dei modi senza nessun rimpianto e ormai appartenenti ad un'altra epoca. Di ciò ne rimarranno reminiscenze ed aneddoti divertenti eviscerati dalla memoria durante i racconti nostalgici. A far lume di questi rimanevano senz'altro i fumetti da loro disegnati e sviluppati, lavoro che si accinsero subito ad eseguire a ripetizione. Da settembre a dicembre del 1981 la loro attività fu molto prolifera, tanto da sfornare parecchie nuove storie divertenti raccolte su ben tre quaderni a quadretti (di tipo scolastico), dando nome all'opera come: "Zipp & Sfash bla bla bla".

Questo classico comprendeva sia sessioni di storie vecchie, pazientemente raccolte, rilegate insieme e restaurate, sia sessioni di storie nuove, arricchite soprattutto dagli ultimi eventi trascorsi. Nella sessione di storie vecchie vi erano le intramontabili ed esilaranti strisce de "Le avventure della truppa" e quelle del super eroe SM (Super Massimo). Seguivano poi le storie del periodo trascorso a Casalabate: La traversata del diavolo, Il giallo della pernacchia, Gli incontri amorosi di Elisabetta e "Necùla" (Nicola dal dialetto Leccese) eccetera. Infine, vi era un lungo campionario di storie recenti, dove venivano decantate a grassi toni sarcastici tutte le loro migliori cadute, "squartamenti vari", brutte figure in pubblico e quant'altro. A fare da guida e da filo conduttore di queste nuove storie, c'erano i personaggi di Zippo e Sfascia, i quali si prodigavano ad esaltare il pubblico con vari sketch e gag grottesche ai limiti della follia.

Lo "Zipp & Sfash bla bla bla" è stato un faro importante di quel periodo di vita, quasi come in un diario a fumetti Vito ed Andrea vi ci annotavano i loro stati d'animo, il loro furore intemperante e tutto ciò che accettavano e non dalle regole della società esistente, dove si affacciavano con i loro giovani quindici anni, insomma, la gioia di vivere.

Nel tardo agosto del 1982 lo "Zipp & Sfash bla bla bla" fu misteriosamente smarrito da qualche parte a Casalabate, facendo perdere irrimediabilmente e per sempre le sue tracce. Lo cercheranno invano per molto tempo ed ancora oggi, pagherebbero cifre eccezionali pur di riaverlo ancora fra le loro mani e magari raccontargli tutto quello che frattanto era successo durante la sua assenza.

- "Si è andato ad insabbiare fra le dune, Zippo, è andato a morire in solitudine come le balene…"

\- "Si è sepolto insieme alla nostra infanzia Andrè!"
Commentavano i cugini quando in seguito erano a menzionare insieme lo "Zipp & Sfash bla bla bla."

Per adesso volgevano speranzosi i loro sguardi verso gli orizzonti di quel nuovo anno che stava per spuntare come il sole di un mattino raggiante che tanto prometteva

e tanto a loro regalerà.

Erano diventati adolescenti.

SOMMARIO

Prologo 15
   I racconti di capitan Sfascia...15
   Alla Scoperta de l'Appia Verde..26
   Sopra e sotto il parco 39
   Un quartetto affiatato...43
   Rotture e tradimenti 50
   Storie e personaggi d'appia verde...58
   La cameretta di sfascia 63
   Con gli zingari nel bosco!..68
   Una s(g)uadra di calcio molto particolare.....................................72
   Piccole divagazioni fra scuola e pallone 78
   Prime trasferte calcistiche 85
   Nuovi elementi in s(g)uadra 92
   Operazione F.O.L.P.O. 104
   La truppa del fortino della ferrovia 108
   Estate 1979..115
   Tra diavoli rossi e angeli blu..119
   Ritorno all'appia verde...125
   Gli allenamenti della truppa 129
   Sfrenate partite di calcio ad ostacoli 137
   I fumetti di Zippo 145
   Catman, Tigerman e gli altri..149
   I nuovi orizzonti di Sfascia 154
   Tempo di esami 159
   Seppellite il mio cuore nelle verdi praterie dell'appia verde....164
   Passione da fiamma 170
   Ricordando la sera del 23 novembre..175
   Arrivano i Doors...180
   RISIKO! 185
   Angosce ed amarezze scolastiche..191
   Rock & roll generation...196
   Agli sgoccioli di una speranza 200
   Casa Scorfani 203
   Amore e disperazione a Casalabate 211
   Strip poker dopo la tempesta..221
   Il ritorno della s(g)uadra 224
   Zippo & Sfascia e la ciucceria 230
   ZIPP & SFASH BLA BLA BLA...235

Printed in Great Britain
by Amazon